김 강사와 T 교수

아시아에서는 《바이링궐 에디션 한국 대표 소설》을 기획하여 한국의 우수한 문학을 주제별로 엄선해 국내외 독자들에게 소개합니다. 이 기획은 국내외 우수한 번역가들이 참여하여 원작의 품격을 최대한 살렸습니다. 문학을 통해 아시아의 정체성과 가치를 살피는 데 주력해 온 아시아는 한국인의 삶을 넓고 깊게 이해하는 데 이 기획이 기여하기를 기대합니다.

Asia Publishers presents some of the very best modern Korean literature to readers worldwide through its new Korean literature series 〈Bilingual Edition Modern Korean Literature〉. We are proud and happy to offer it in the most authoritative translation by renowned translators of Korean literature. We hope that this series helps to build solid bridges between citizens of the world and Koreans through a rich in-depth understanding of Korea.

바이링궐 에디션 한국 대표 소설 092

Bi-lingual Edition Modern Korean Literature 092

Lecturer Kim and Professor T

유진오
김 강사와 T 교수

Chin-O Yu

ASIA
PUBLISHERS

Contents

김 강사와 T 교수

Lecturer Kim and Professor T

1

 김만필(金萬弼)을 태운 택시는 웃고 떠들고 하며 기운
좋게 교문을 들어가는 학생들 옆을 지나 교정(校庭)을
가로질러 기운차게 큰 커브를 그려 육중한 본관 현관
앞에 우뚝 섰다. 그의 가슴은 벌써 아까부터 두근거리
기 시작하였다. 오늘은 그가 일 년 반 동안의 룸펜 생활
을 겨우 벗어나서 이 관립전문학교의 독일어 교사로 득
의의 취임식에 나가는 날인 것이다. 어른이 다 된 학생
들의 모양을 보기만 해도 젊은 김 강사의 가슴은 두근
두근한다. 저렇게 큰 학생들을 앞에 놓고 내일부터 강

1

The taxi carrying Kim Man-pil drove past a gag-
gle of exuberant students entering the gate before
making its way across the campus, swerving around
a bend and stopping in front of the imposing main
building. His heart had been pounding since morn-
ing. Today, after a year and a half, his jobless days
would finally be over. The public college would be
holding a ceremony to install him as a German lan-
guage instructor. The mere sight of the students,
who were practically grownups, made the young
lecturer's heart beat faster. The thought that he

의를 시작하는 것이로구나 하고 생각하니 근심과 기쁨에 뒤섞여 가만히 있을 수 없는 것이었다.

세물[1] 내온 모닝[2]의 옷깃을 가다듬고 넥타이를 바로 잡아 위의를 갖춘 후에 그는 자동차를 내렸다. 초가을 교외의 아침 신선한 공기와 함께 그윽한 나프탈렌의 값싼 냄새가 코밑에 끼친다. 그는 운전사에게 준 돈을 거스를 필요 없다는 의미로 손짓을 하고 무거운 정문을 열고 안으로 들어갔다. 수부(受付)에서 교장실을 묻고 복도를 오른편으로 꺾어 둘째 번 도어 앞에 섰다.

교장은 넓은 방 한가운데다 커다란 테이블을 놓고 듬직한 회전의자 위에 가슴을 내밀고 앉아 있었다. 그 일부러 꾸민 태도는 확실히 김만필을 기다리고 있던 것에 틀림없었다. 그전에도 김만필은 대여섯 번이나 교장을 관사로 찾아간 일이 있기는 했지만 그때는 교장의 태도는 몹시 친절한 데다가 두 볼이 푹 팬 얼굴이 위엄이 없어서 제법 만만하게 이야기를 할 수 있었다. 그러나 지금 이렇게 교장실에서 대하는 그는 아주 다른 사람같이 느껴졌다. 교장은 눈을 반짝반짝 날카롭게 빛내며 조그만 머리를 뒤로 젖히고 두 팔을 버틴 품이 금방에 덤벼라도 들 것같이 보였다. 그 너무나 굳은 과장된 표정은

would be teaching them from tomorrow stirred in him a mixture of anxiety and delight.

He inspected himself before stepping out of the taxi, adjusting the collar of his rented suit and tie. His nostrils caught a faint whiff of cheap mothballs mingled with the brisk scent of early autumn in the suburbs. After gesturing to the driver to keep the change, he pushed open the heavy front door of the building and went inside. He asked for directions to the principal's office at the reception desk, and made his way to the second door to the right.

The principal sat on a comfortable-looking swivel chair behind a large table in the middle of the spacious office, his chest puffed out. It was obvious from his artificial pose that he had been expecting Kim. Kim had already called on him five or six times before, but always at his residence, where he was more cordial, his sunken face bereft of pride. He was a different man this time, looking ready to pounce, his eyes aglitter, his head thrown back, as though anchored by his outstretched arms. His overly stern expression was clearly calculated to add to his dignity as the head of the school, but it also betrayed his long years of struggle to get to that position.

자기 깐에는 교장으로서의 위엄을 차린 것이겠지만 오랜 동안 속료[3] 생활을 해온 그의 경력을 말하는 것임에 틀림없었다.

"어— 어서 오시오. 자 이리로—."

교장은 테이블 앞에 있는 의자를 가리키며 말했다. 그러면서도 두 볼에 깊이 팬 주름살 하나도 움직이지 않는다. 김만필은 온몸이 오그라지는 것을 느끼며 황송해 의자에 앉았다.

교장은 조금 목소리를 부드럽게 해,

"우리 학교는 처음이죠? 이왕에 오신 일이 있던가요?"

"아뇨, 처음입니다."

"어때요. 누추한 곳이라서. 도무지 예산이 넉넉지 못하니까."

"천만에요. 대단히 홀륭합니다."

김만필은 교장실 창의 반쯤 열어놓은 호화스러운 자줏빛 커튼으로 눈을 옮기며 대답하였다. 사실 S 전문학교의 당당한 철근 콘크리트 삼층 교사는 그 주위의 돼지우리같이 더러운 올망졸망한 집들을 발밑에 짓밟고 있는 것같이 솟아 있는 것이다. 교장실 사치한 품도 김만필의 동경유학 시대에는 별로 보지 못한 것만이었다.

"Come on in. This way." He gestured to a chair in front of the table. Not a single wrinkle moved in his hollow cheeks as he spoke. Kim felt himself shrinking and sat on the chair, wanting to disappear.

"This is your first time in the school, am I right? Or have you been here before?"

"Yes, this is my first time, sir."

"So what do you think? It's clearly seen better days because of our small budget."

"Not at all. It looks wonderful," Kim shifted his gaze to the window. It was half-covered by a purple curtain of rich fabric.

In fact, the stately three-story concrete building of S College lorded over a huddle of miserable houses that looked more like pigpens. Kim had not seen such luxury in the principal's office when he was studying in Tokyo.

The principal rang a bell on his table a few times and the door to the next room opened. A portly man came in and bowed from the waist.

"Can you bring it here, please?"

"Of course," the fat man said, darting a look at Kim before bowing out with surprising swiftness for someone his size. He returned shortly and handed the principal a sheet of paper with both his

13

교장은 테이블 위에 놓인 종을 서너 번 울렸다. 옆방으로 통하는 문이 열리며 모닝을 입은 뚱뚱한 친구가 허리를 굽실굽실하며 들어왔다.

"여보게, 그것 가져오게."

"핫."[4]

뚱뚱한 친구는 흘낏 김만필을 보고 체수에 맞지 않게 가볍게 허리를 굽실하고 도로 나갔다. 잠깐 있더니 그는 무슨 네모진 종이를 들고 들어와 공손하게 교장에게 내밀었다.

"이것이 당신 사령서입니다."

하고 교장은 그 종이를 받아 김만필에게로 내밀었다.

김만필은 뚱뚱한 친구의 눈짓에 재촉되어 황당해 일어나서 사령서를 받아들고 허리를 굽혔다.

사령서를 전한 교장은,

"인젠 자네도."

하고 말을 잠깐 끊었다가,

"우리 학교 직원의 한 사람이니까 우리 학교의 특수한 중대 사명을 위해 전력을 다해 주어야 되네."

"네—."

하고 김만필은 다시 한 번 머리를 숙였으나 속으로는

hands.

"Mr. Kim, this is your letter of appointment." He pushed the sheet toward him.

Catching the fat man's eye signal, Kim hurried to his feet and received the letter with a bow.

"This means—" the principal paused for effect, "—that you are now a member of our faculty. I trust you'll do your utmost to uphold our school's important and noble duty."

"Yes, of course," Kim bowed again, although the principal's condescending tone bothered him. He could understand the principal's dispensing with the honorifics; he must have been two decades older than Kim and the school head at that. But given that he had addressed him only as "Mr. Kim" only a moment before, the sudden change in his manner was completely unexpected.

He resumed his sermon. "I feel it necessary to forewarn you because being the first Korean teacher in this institution would demand extra caution on your part. We have some Koreans among our students, apart from other complicated problems, and the school adheres to certain educational policies. You have to pay special attention to these considerations. Understood?"

기가 막혔다. 더군다나 '자네'라고 특별히 힘을 주어 하는 말이 귀에 거슬렸다. 스무 살가량이나 나이가 위이고 또 교장으로 앉은 사람에게 '자네' 소리를 듣는 것은 그리 이상할 것이 없지만 금방 아까까지도 일부러 '당신'이라고 하던 끝이기 때문에 그 표변하는 품이 너무나 부자연한 것이었다.

교장은 훈시를 계속하였다.

"그리고 특별히 자네한테 주의를 주는 것은 다름 아니라 우리 학교로서는 조선 사람을 교원으로 쓰는 것은 자네가 처음이니까 여러 가지로 주의를 해야 한단 말일세. 학생들도 내선인이 섞여 있을 뿐 아니라 여러 가지 복잡한 문제도 있고 또 당국으로서의 일정한 교육 방침이라는 것도 있으니까 이런 여러 가지 사정을 특별히 주의해 달라는 것일세. 알아듣겠지."

"네."

김만필은 또 한 번 고개를 꾸뻑했다. 그러나 마음속으로는 별별 생각을 다 하고 있었다. 교장의 말은 의례히 할 소리에 틀림없지만 그것이 자기한테 하는 말이라고 생각하니 우스웠다. 동시에 그는 지금 자기가 처해 있는 환경이 어떤 것이라는 것을 처음으로 조금 깨달은

"Yes, sir." Kim said, nodding, even as a host of other topics flitted across his mind. He knew the principal had mouthed off those words out of duty, but they seemed absurd, nonetheless, directed toward Kim. At the same time, he began to realize what he had gotten himself into.

"And Kim, allow me to introduce T. He is in charge of academic affairs," he said, pointing to the fat man who stood with his hands clasped.

"I am T. I hope we will get along," he said, bowing deeply like a street vendor.

Kim felt himself relax as he bowed in return. He was beginning to warm up toward T although he had felt nothing but a slight contempt of him at first.

"Then let's move to the other room, shall we? The ceremony will start soon. Major A, our new military drills teacher, has already arrived." Professor T led Kim next door to the faculty room, where Major A sat, holding a long sword, his chest decorated with shiny medals.

Professor T introduced Kim to the major, and they greeted each other. He said the major had been assigned to S College to replace Major M, so the inaugural ceremony would be for both of them.

것같이도 생각되었다.

"그리고 저— 김 군. 이 사람을 소개하지. 이분은 교무
주임의 T 군—."

교장은 아까부터 옆에 양수거지하고 섰는 뚱뚱한 친
구를 소개하였다.

"T— 올시다. 앞으로 많이 사랑해 주십시오."

T 교수는 거리의 장사치같이 허리를 굽히며 김만필
에게 절을 했다. 김만필은 그제서야 약간 숨을 내두르
고 금방 아까까지 경멸을 느끼던 이 T 교수에게 도리어
호감을 느끼며 자기도 공손하게 마주 예를 했다.

"자, 그러면 우리 저 방으로 가십시다. 곧 식이 시작될
테니까. 교련의 A 소좌도 와 계십니다."

T 교수는 앞서서 김 강사를 그 옆방— 교수실로 안내
했다.

교무실에는 가슴에 훈장을 번쩍이는 A 소좌가 긴 칼
을 짚고 단정하게 앉아 있었다.

T 교수의 소개로 김만필은 A 소좌하고 인사를 했다.
T 교수의 설명에 의하면 A 소좌는 먼저 있던 M 소좌의
뒤에 이번에 새로 S 전문학교로 배속이 되었기 때문에
오늘 김과 함께 취임식에 나간다는 것이었다. 김만필은

Seated beside the major, Kim felt as though he was dreaming; he still couldn't quite believe the sudden change in his circumstances. He wasn't only thinking about his past, but also of the dreary boarding house where he had just had breakfast, the people toiling in the filthy alley, the film director unable to buy cigarettes and pay his rent, the magazine reporter under constant surveillance, the vegetable vender peddling vegetables with his thick Gyeongsang Province accent throughout the day, and his landlady screaming at her lodgers who couldn't pay their board. How were these things connected to this formidable school building, the officer with his sash of medals, and all the professors in their suits? The lecturer felt it was all surreal as he straddled these two disconnected landscapes, serving as a bridge between them, as it were.

Their installation followed the ceremony to mark the opening of the second semester. The mood was somber—no, it was more than that; it was downright depressing. The principal introduced Kim as a genius who had graduated from Tokyo Imperial University, and then mentioned the honor of having Major A as the new military drills teacher. After he stepped down from the podium, Professor

A 소좌와 나란히 앉아 자기의 환경 변화가 너무나 심해 어째 꿈나라에나 온 것같이 생각되었다. 그의 과거—는 그만두더라도 아까 그가 아침을 먹고 나온 하숙집 풍경, 그 더러운 뒷골목 속에 허덕거리고 있는 함께 있는 사람들, 하숙료를 못 내고 담뱃값에 쩔쩔매는 영화감독, 일 년 열두 달 감시를 못 벗어나는 요시찰인인 잡지기자, 아침부터 밤중까지 경상도 사투리로 푸성귀 장사, 밥값 못 낸 손님들을 붙들고 꽥꽥 소리를 지르는 하숙집 마나님…… 이런 모든 것과 이 당당한 건물, 가슴에 훈장을 빛낸 장교, 모닝의 교수들 사이에는 대체 어떠한 연락의 줄이 있는 것일까. 김 강사는 이 두 가지 연락 없는 풍경의 중간에서 기적과 같이 연락을 붙여놓고 있는 자기 자신이 아무리 해도 현실의 것으로는 생각되지 않는 것이었다.

김 강사와 A 소좌의 취임식은 제이학기 시업식에 이어 거행되었다. 식장은 엄숙하다 못해 살기가 뻗친 것 같았다. 교장은 김만필을 동경제대를 졸업한 보기 드문 수재라고 소개하고 이어 이번에 새로 교련을 맡아보게 된 A 소좌를 맞이하게 된 것은 실로 분수에 넘치는 영광이라고 말했다. 교장이 단을 내려오자 T 교수에게 재

T urged Kim to take his place along with the major. Kim blanched. He felt nervous just standing there. The much older Major A stepped on the podium and stood next to him, his face tanned, his body like steel.

"Salute!" the gymnastics teacher barked deafeningly, and hundreds of heads went down at the same time.

The somber mood of the ceremony was not entirely unexpected, but it perplexed him nonetheless. For a fleeting instant, as the students saluted, his mind suddenly cleared up like a spring and he could see his past and present, like a chain of bewildering contradictions. In college, he had been a member of a student club, the Cultural Criticism Society. Right after graduation he had gone to see a professor, Professor N, for whom he had nothing but contempt. He had needed help finding a job. The professor had given him a letter of reference addressed to Chief H of a government office in Gyeongseong. He visited the official regularly in between writing introductions or reviews about the German leftist literary movement for newspapers and magazines. With the help of H's recommendation, he had gotten an appointment to see the prin-

촉되어 김만필이 먼저 단 위로 올라가고 다음에 A 소좌
가 따랐다. 단 위에 선 김 강사는 몹시 흥분되어 얼굴이
창백하였다. 검붉은 햇볕에 탄 얼굴과 강철 같은 체격
에 나이도 김만필의 존장뻘이나 됨직한 A 소좌가 그 옆
에 와 나란히 섰다.

"게―렛―!"[5]

깜짝 놀랄 만큼 큰 소리로 체조 선생이 호령을 불렀
다. 동시에 수백 명의 검은 머리가 일제히 아래로 숙였
다.

S 전문학교의 신임 교원 취임식이 엄숙할 것쯤이야
미리부터 짐작 못 한 바 아니었지만 막상 눈앞에 대하
고 보니 김만필은 갈피를 잡을 수 없었다. 그러나 학생
들이 경례를 하고 있는 동안에 그것은 짧은 동안이었지
만 그는 이상하게도 정신이 찬물같이 맑아지며 끝없이
얼크러진 모순에 찬 자기의 과거와 현재를 분석하고 비
판해 보는 것이었다. 대학 시대에 문화비판회라는 학생
단체의 한 멤버였던 일, 졸업하자 그때까지 속으로 멸
시하고 있던 N 교수를 찾아 취직을 부탁하던 일, N 교
수로부터 경성 어떤 관청의 H 과장에게 소개장을 받던
일, 서울서는 H 과장 집에 자주 드나들면서도 일변으로

cipal of S College for the first time last fall. All of these stirred up contradictory emotions inside him. But wasn't life itself a contradiction? The intelligentsia, above all, had to be more than just two- or three-faced to survive in this society. They needed to have seven, eight, or even nine personalities. All they could do was remember which identity was the authentic one without letting anyone else know. Some of them realized this and could switch personas at will, while others become so enthralled by their multiple personalities that they forgot which of these is real.

How pathetic! Kim thought to himself. I can't stand it! Yet what about himself? Deep inside, he knew the answer, but he wasn't ready to deal with it right then. The brief time he had to stay on the podium felt unbelievably tedious. He felt dizzy and had to keep his knees from buckling.

After the ceremony, Professor T caught up with Kim Man-pil, now Lecturer Kim, as he was leaving the hall. "Mr. Kim, you must have a delicate constitution. You don't look too good. Do you have any health problems?"

"No, I have nothing of the sort," he said. He felt cold beads of sweat crawling down his spine.

는 신문 잡지 등속에 독일 좌익문학운동의 소개 또는 평론 같은 것을 쓰던 일, H 과장의 소개로 작년 가을 처음으로 이 S 전문학교 교장을 찾아갔던 일―이 모든 것은 하나도 모순의 감정 없이는 한꺼번에 생각할 수 없는 것이었다. 하지만 인생이란 도대체 모순 그것이 아닌가 하고 그는 생각해 보았다. 그중에도 지식 계급이라는 것은 이 사회에서는 이중 삼중 사중 아니 칠중 팔중 구중의 중첩된 인격을 갖도록 강제되고 있는 것이다. 그 많은 중에서 어떤 것이 정말 자기의 인격인가는 남모르게 저 혼자만 알고 있으면 그만인 것이다. 어떤 사람은 사실 똑똑하게 이것을 의식하고 경우를 따라 인격을 변한다. 그러나 어떤 자는 자기 자신의 그 수많은 인격에 황홀해 끝끝내는 어떤 것이 정말 자기의 인격인지도 모르게 되는 것이다―.

아― 더러운 노릇이다, 싫은 노릇이다, 라고 김만필은 생각하였다. 그러면 지금 자기는 어떤가? 그 대답은 마음 깊은 속에는 벌써 똑똑하게 나와 있는 것같이 생각되었으나 그것까지는 지금 분석해 보기가 싫었다. 그에게는 그 단 위에 올라서 있는 짧은 동안이 지긋지긋하게 지루하게 생각되었다. 어쩌 눈이 핑핑 돌고 다리가

2

Kim studied late into the night to make sure he wouldn't bungle up the next day on his first class. His predecessor had fallen ill and had missed majority of his classes for the first semester. So Kim had to start with the basics, beginning with the German alphabet. All the same, he practiced saying A, B, C and so on in German over and over for fear of making a mistake the day after the ceremony.

He set off for school the following morning in a lighter mood. He thought of the ceremony and other things. When he entered the faculty room, two or three professors who were talking stopped to greet him before resuming their conversation. He didn't have his own desk since he was just a part-time lecturer, so he went to the window and lit a cigarette. The professors seemed to have forgotten he was there and continued their discussion about a woman one of them had met the night before. Another professor arrived, then two more, and the buzz in the faculty room became louder. They chattered nonstop, like boorish civil servants from the backwaters. They talked about the hot summer days, billiards, swimming in the sea, moun-

우둘우둘 떨리는 것 같았다.

식이 끝나고 강당을 나올 때 T 교수는 김만필―아니 김 강사의 옆으로 오며,

"긴상, 몹시 몸이 약하시구먼. 얼굴빛이 대단 좋지 않은데요. 어디 괴로우십니까?"

하고 물었다.

"아뇨. 별로 몸에 고장은 없습니다마는―."

김 강사는 등에 식은땀이 흐른 것을 느끼며 대답했다.

2

김만필은 생전 처음 서는 교단이라 실수를 하지 않으려고 그날 밤은 늦도록 공부를 했다. 전에 있던 선생이 병으로 일학기를 거의 전부 빼먹었기 때문에 학생들의 독일어는 아― 베― 체― 부터 가르치는 것이나 다름없는 것이었지만 그래도 무슨 실수나 있을까 봐 아― 베― 체―, 아― 베― 체― 하고 알파벳 발음 연습까지 해 보았다. 그의 수업 시간은 바로 개학식 다음 날에 끼어 있는 것이었다.

이튿날 아침, 김 강사는 전날의 취임식 광경 같은 것

tain hiking, Koshien, baseball, strolling along Ginza, cane girls[1], and what have you.

Kim found the atmosphere in the faculty room vulgar. He expected college professors to be dignified and scholarly, but these people babbled like salesmen peddling insurance or medicine door to door. What's more, no one attempted to strike up a conversation with him. He felt alone, like a social outcast. He thought maybe he was being paranoid, but he knew it wasn't the case. They really were ignoring him, with the intention of humiliating him, perhaps. No, this probably all came with being new. He wondered if he should pluck up the courage to join their conversation but he lost his nerve, remembering that he was a mere academic with no real-world experience.

He left the faculty room to go to the reading room. Foreign newspapers and magazines were spread across the desk, still unopened. He was reading the cartoons in a German newspaper when the door opened and Professor T's kindly face appeared. "Wow, I didn't expect to find you here. You're a true scholar."

Kim flushed as he stood up to greet T. T came over to him.

을 생각해 가며 그래도 얼마쯤 마음이 가볍게 학교를
갔다. 교관실에 들어가니까 먼저 와 있던 교수가 두서
너 사람 떠들고 있다가 잠깐 말을 멈추고 김만필의 인
사에 대답하고 도로 떠들기 시작하였다. 시간 강사인
김만필에게는 아직 책상이 돌아오지 않았으므로 그는
하는 수 없이 창 앞으로 가서 담뱃불을 붙였다. 교수들
은 김만필이 있는 것을 잊어버린 듯이 자기들끼리만 떠
들고 있는데 이야기는 아마도 엊저녁의 여자에 관한 것
인 듯싶었다. 교수가 하나 늘고 둘 더 옴에 따라 교관실
의 소동도 점점 더 커갔다. 그들은 그 여름이 몹시 더웠
던 이야기, 비리야드,[6] 해수욕, 등산, 갑자원,[7] 야구, 긴
부라[8](은좌 통신보) 스틱 걸[9] 등등 갖은 종류의 무의미한
화제에 대해 시골 공직자같이 굵은 소리를 내서 한없이
떠들어대었다.

이러한 교관실의 공기는 김 강사에게는 극단으로 천
하게 생각되었다. 전문학교의 교수라고 하면 좀 더 학
자적 근신과 학문적 향기를 가져야 할 것이다. 그런데
마치 보험 회사 외교원이나 길거리의 약장수같이 떠드
는 것은 무슨 꼴인가. 그러다가 생각하니 그 떠들고 있
는 여러 사람 중에 김 강사와 이야기를 하려고 하는 사

"This will be your first time, right?"

"Yes."

"It's great to have your first class on a first peri-od."

"Thanks."

T sat down, smiling. "Well... I'm sure you know this already, but the principal is worried so let me offer you some words of advice. Since you're new to this school, you might not have thought about how to handle the students. People think that teaching is a noble profession, but in truth, it's just as much about winning popularity. Students can be mischievous, they can play pranks to embarrass new teachers. Think of it as a test. If you pass this test, you'll be all right. Otherwise, you'll have prob-lems. I had to go through the same thing. Just be-tween you and me"—He continued in a lower voice. "As the principal mentioned yesterday, we have both Japanese and Korean students. I'm wor-ried how the Japanese students will take toward you. I hope it won't lead to any untoward incidents between the students. Anyway, I'm sure you'll know how to deal with it..."

Kim didn't have time to dwell on his words, merely to thank him. Given how he had been os-

람은 하나도 없는 것이었다. 김 강사는 자기가 일부러 돌림뱅이가 된 것 같아서 몹시 고독을 느꼈다. 내가 공연히 신경과민이 된 것이 아닌가 하고 그는 생각해 보았다. 그러나 그렇지도 않다. 다른 사람들은 김 강사의 존재를 무시하는 태도를 취함으로써 그를 모욕하는 것이다. 하지만 아니다, 이것은 자기가 '신출'이기 때문이다, 용기를 내서 그들 틈에 한몫 끼어보리라고 돌이켜 생각도 해본다. 그러나 무어니 무어니 해도 그는 아직 책상물림[10]이라 그렇게 뻔뻔한 배짱은 없었다.

김 강사는 이내 교관실을 나와, 옆에 있는 신문실로 들어갔다. 신문실에는 외국서 온 신문 잡지 등속이 겉봉도 뜯지 않은 채로 책상 위에 흩어져 있었다. 새로 온 독일의 그림 신문을 펴들고 있노라니 문이 열리며 T 교수의 벙글벙글하는 친절한 얼굴이 나타났다.

"어— 이런 데 와 계셨습니까. 신진 학자는 다르시군."

김 강사는 의미 없이 얼굴을 붉히고 일어나 아침 인사를 했다. T 교수는 어슬렁어슬렁 옆으로 오며,

"이번이 당신 시간이지요."

"네."

"그거 대단 잘됐습니다. 처녀 강의를 새 학기 첫 시간

tracized just moments before, he was grateful that an experienced senior teacher like T would offer him such frank advice. T offered him some more words of encouragement and then got up and left. Kim watched his flabby back disappear and thought he seemed trustworthy. The fact was, he'd barely managed to get the job at S College by exploiting his shady school and hometown ties with Professor N, Chief H, and Principal S, one by one, making sure they had had no options. He had already felt a sense of inferiority about being Korean, and he had known all along that the faculty would regard him with suspicion. T had shown up at just the moment, then. Kim was beginning to think he'd been right to worry about all of this. This was why his words had come like the welcome sound of footfalls in a desolate valley.

Contrary to his expectations, his first class passed peacefully. Instead of harassing him, the students were more than attentive to their new teacher. With T's advice in mind, he felt wary of the tough, patriotic-looking students with long hair, but even they listened to his lecture quietly. He gradually came to feel at ease talking on the podium. If he felt anything, he felt sorry for the difficult students who

에 하시게 됐으니."

"네, 무어."

T 교수는 빙글빙글 웃으며 걸상에 앉아서,

"허…… 무어, 어련허실 것은 아니지만 교장도 걱정을 하고 계시기에 또 말씀하는 것입니다만" 하고는,

"그건 다름 아니라 당신은 교단에 서시는 것이 처음이시라니까 학생조종술 같은 데 대해 안즉 생각해 보신일이 없으실 줄 아는데요. 어쨌든 이 선생 장사라는 것은 남이 보기에는 신성한지 몰라도 결국은 말하자면 일종 인기 장사니까요. 새 선생이 오면 학생 놈들의 버릇이 의례히 찧고 까불고 괴롭게 굽니다. 말하자면 이것도 시험이라 헐까요. 이 시험에 급제를 하면 관계찮지만 만일 떨어지는 날이면 탈이 납니다. 나도 그전에는이 시험을 당했습니다. 허…… 그리고 또 이건 당신과나 사이니까 말씀하는 것이지만."

하고 T 교수는 목소리를 낮추어,

"어제 교장 선생도 잠깐 말씀하셨지만 여기는 내선공학 아닙니까. 그러니까 당신한테 대해서도 내지인 학생들이 어떤 태도를 가질는지 이것이 걱정이 됩니다. 쓸데없는 일로 학생들 새에 무슨 재미없는 일이 일어나

shrugged their shoulders and grimaced at him.

He was smoking in the faculty room after class when T arrived, all smiles, to ask him how his first class went.

"Nothing unusual," he said, with a hint of elation. "The students behaved better than I expected."

"Really? Good for you. But don't let your guard down. There's a host of bad characters among them. So many weird ones." He pulled out a pocket-size notebook, what must be what the students called 'the Hell King's register.' "You have no idea since you're a newcomer, so let me warn you." He opened the notebook and glanced at the page, pointing at something with a pencil. "This one, Suzuki, is the worst of them. He always cuts classes and picks fights with teachers. I'm not letting him graduate. Yamada is arrogant too. And Kim Hong-gyu, Kado, Joo Hyung-sik, Inui, Takahashi, Choe, Park, Matsumodo... They're a bunch of bastards. Come to think of it, even the class leader is arrogant."

T's voice grew shrill with excitement. He sent out sparks of hatred, disturbing Kim. It took him by surprise. What happened to the mild-mannered T? How could an educator behave in such a manner?

도 안 됐고…… 허기는 다 어련하시겠습니까마는 허……."

T 교수의 말을 듣고 있는 동안에 김 강사는 그의 말을 깊이 생각해볼 여유도 없이 그저 그에게 감사하는 생각뿐이었다. 금방 아까까지 그는 고독을 느끼고 있던 끝이라 상관이며 또 경험 많은 선배인 T 교수로부터 이런 솔직한 의견을 듣는 것은 정말 고맙게 생각되었다.

T 교수는 몇 마디 잡담을 더 하고 일어나 나갔다. 뚱뚱한 몸을 흔들흔들하며 나가는 뒷모양이 김 강사에게는 몹시 믿음직해 보였다. 사실을 말하면 김 강사는 N 교수— H 과장—S 교장— 이렇게 학벌 동향 관계 등의 썩어진 인연을 더듬어 이것을 교묘하게 이용해 차례차례로 그들을 꼼짝 못할 궁경으로 몰아넣어 가지고 억지로 이 S 전문학교에 비비고 들어온 것이므로—기다가 자기는 조선 사람이라는 자격지심도 있었고—이곳의 교원들에게 이상스러운 눈초리로 보여지는 것을 처음부터 염려했던 것이다.

그 염려가 어째 헛것이 아니었던 것같이 생각되어가는 이때에 T 교수가 나타난 것이다. 그만큼 그의 친절한 말은 그야말로 빈 골짜기의 발자취 소리같이 생각되

Kim looked at the professor and cut in. "But wouldn't it be possible to win them over if we make every effort with all of our hearts?"

"Well..." T seemed to be worried about losing face. "Yes, of course. Whatever they do, things would turn out fine if the teacher does his best. But don't you think it's possible only if they understand us? You're going to change your mind once they make you suffer. What I'm trying to say is this: Students are the teachers' enemy. Show any weakness and they'll pounce on us without mercy."

An office boy came looking for him. T stopped talking to go to his office, leaving Kim depressed. It seemed that he had witnessed the naked truth about education. More than that, however, what depressed him was the thought of losing his only friend, Professor T, in such a short period of time. Now he was scared of him. The bell rang for second period but he just sat there absentmindedly.

3

A few days later on Saturday, Kim left his boarding house to see Chief H. It had been a long time since he'd visited him, and he wanted to thank him

는 것이었다.

그러나 첫째 시간의 처녀 강의는 의외로 평온하게 지났다. 그를 괴롭게 하기는커녕 학생들은 도리어 이 새로 온 색다른 선생의 말을 흥미 있게 듣고들 있었다. 김 강사는 T 교수의 주의도 있고 해서 머리를 길게 늘인 국수파 방카라[11] 학생들에게 특별히 경계를 하였으나 그들도 의외로 얌전하게 그의 강의를 듣고 있었다. 단 위에 올라서서 말하는 동안에 차차로 마음이 가라앉아서 어깨를 으쓱하고 눈살을 찌푸리고 앉은 그들 방카라 학생들의 꼴이 도리어 어리게도 보였다.

시간을 끝내고 교관실에서 담배를 피우고 있노라니 T 교수가 또 와서 처음 교단에 선 감상이 어떠냐고 빙글빙글 웃으며 물었다.

"아무 감상도 없었습니다마는 생각던 이보다도 학생들은 얌전하더구만요."

김 강사는 약간 득의의 어조로 대답하였다.

"그렇습니까. 그것 잘됐습니다. 허지만요, 아직 방심해선 안 됩니다. 학생들 중에는 별별 고약한 놈이 다 있으니까요. 에 별놈이 다 있습니다."

하고 T 교수는 학교 수첩—학생들이 엠마쵸[12]라고 부

36

for his help. H was quite likable, openhearted and sociable without pretense.

His official residence was on the northern end of the government officials' residence complex at the foot of Mt. Pukak. The silence of the evening was broken by the barking of German shepherds or some other equally fierce breed of dogs. They sounded surprised by the sound of Kim's footsteps. As he rounded the corner right before H's house, he heard hurried footsteps behind him. When he looked over his shoulder, the person almost butted into him.

"Uhm—"

"Uhm—"

Both their mouths fell open. It was T, carrying a square bundle. Given the unexpectedness of their meeting, T hesitated for a moment. When he recovered, he spoke in Japanese. "So you also do this kind of thing." He placed his hand on Kim's shoulder and gave him a conspiratorial smile. The meaning of his words had not been lost on Kim.

"It's not what you think."

"Are you kidding me? And to think that I took you for a novice from the ivory tower," T said, his usual smile on his face.

르는 것—을 꺼내면서,

"당신은 아직 처음이시라 모르실 테니까 미리 말씀해
드립니다마는(하고 수첩을 펴 연필 끝으로 죽 훑어 내려가면
서) 우선 이 스즈키란 놈만 해도 웬 고약한 놈입니다. 학
교는 결석만 하면서 어쩌다 나오면 선생한테 싸움 걸기
가 일쑤고, 이런 놈은 졸업은 안 시킬 텝니다. 그리고 또
이 야마다라는 놈, 이놈도 건방진 놈입니다. 그리고 이
김홍규란 놈, 또 가도란 놈, 그리고 주형식, 이누이, 다
카하시, 최, 박, 마쓰모도…… 나쁜 놈들뿐입니다. 바보
같은 놈들. 도대체 이 반은 급장부터가 건방져."

T 교수의 목소리는 열을 띠어오며 증오의 가시로 듣
는 사람의 신경을 쿡쿡 찌르는 듯이 울렸다. 김 강사는
너무나 의외의 광경에 놀랐다. 웬일일까. 이 온후해 보
이던 T 교수가. 대체 교육자의 태도라는 것이 이래도
좋은 것인가.

"허지만."

하고 김 강사는 T 교수의 안색을 들여다보며 말을 끼웠
다.

"이편에서 성심으로 전력을 다해도 안 될까요."

"허……"

"I'm not doing anything unusual. As you know, he helped me to get this job," Kim said, trying to defend himself.

"Of course, I know it. That's why I think you're something. H and I are from the same hometown."

"Ah, I see." Kim had no more to say.

T thought briefly and said, "Please wait here for a moment." He walked into the alley, but returned before long, tapping Kim on the shoulder. "Why are you standing there like that? This is the way of the world." He dangled the bundle before Kim's eyes before walking back into the alley that led to H's kitchen.

T walked out soon after, talking secretly for a short while with someone who looked like a maid in the dark. His usual calm demeanor was back but for a hint of annoyance. "Let's go inside," he said. He rang the bell on the gate.

It was still early in the evening when the two got out of the house. T kept inviting Kim for a cup of tea somewhere. He decided to humor him in spite of the bad feeling he was beginning to have about him.

They went to a bar called The Serpent, a clean place where a slender, modern-looking woman

T 교수는 조금 체면이 안된 듯이,

"그야 물론 그렇지요. 학생들이야 어쨌든 이편만 잘하면 그만이지요. 허지만 그것도 저편에서 이편 뜻을 알아주어야만 할 것이 아니겠습니까. 당신도 인제 좀 치어나 보시면 차차 생각이 달러지십니다. 학생이라는 것은 요컨대 선생의 ×입니다. 이편에 조금만 틈이 있으면 그저 용서 없이 달려드는 겝니다."

마침 그때 급사가 찾으러 왔으므로 T 교수는 말을 끊고 교무과로 가버렸다. 그러나 그가 간 뒤 김 강사는 몹시 우울하였다. 교육이라는 것의 발가벗은 꼴을 눈앞에 본 것 같았다. 그러나 또 그것보다도 그는 오직 하나의 지기로 생각하는 T 교수를 삽시간에 잃은 것이 아까웠다. 아ㅡ 무서운 사람이다, 라고 그는 생각하였다.

둘째 시간 종이 울렸으나 김 강사는 멍하니 듣고 앉았을 뿐이다.

3

며칠 지난 후 토요일 밤이었다. 김만필은 오래 찾아보지도 못한 H 과장에게 치하의 인사도 할 겸 하숙을 나

from Tokyo was standing at the counter. When the two entered the bar the woman greeted them in Japanese, "Oh my, Mr. T!"

T put a finger to his lips to silence her before making his way to a corner table.

"Do you come here often?" Kim asked, his gaze alternating between the fat professor and the gaunt-looking woman.

"Yes, I come here from time to time. And you?"

"Two or three times, I guess."

After T ordered two cups of lemon tea, he mimed drinking alcohol with his left hand. "How about this, Mr. Kim?"

"No, I can't drink alcohol at all."

"Don't give me that. I've already heard the rumors..." He guffawed then continued. He squinted at Kim. "Mr. Kim, I know everything about you. You might not know this, but I was the one who served as a go-between between H and our principal for you."

Kim wasn't aware of this, though it wasn't much of a surprise that T would be asked to do such work given his status.

"Are you and the principal from the same hometown, too?"

섰다. H 과장은 솔직하고 평민적인 호감을 주는 인물이었다.

H 과장의 집은 북악산 밑 관사촌의 북쪽 끝에 있었다. 저녁 후의 고요한 관사촌은 김만필의 발자국 소리에 놀란 셰퍼드인지 무엇인지 무서운 개들의 짖는 소리로 몹시 요란스러워졌다. H 과장의 집으로 들어가는 골목을 돌려는 순간 바로 등 뒤에서 분주하게 걸어오는 발자취 소리가 들렸다. 고개를 휙 돌리자 바로 등 뒤에까지 온 그 사람의 얼굴과 거의 마주칠 뻔하였다.

"어—."

"어—."

두 사람은 거의 동시에 입을 열었다. 뒤에 온 것은 T 교수였다. 그는 무엇인지 네모진 보퉁이를 끼고 있었다. T 교수는 의외로 김 강사와 마주쳤기 때문에 잠깐 머뭇머뭇하더니 별안간,

"얏데루나."[13]

하면서 김만필의 어깨를 툭 치며 더러운 비밀을 서로 쥐고 있는 사람끼리만이 주고받는 비열한 미소를 띠었다. 그 미소의 의미는 김만필도 단번에 알 수 있었다.

"별로 그런 것도 아니지만."

"Yes, of course," T said, blowing the hot cup. He gulped it down in one go before ordering whisky. He downed three shots of whisky, one after the other, before opening his mouth to speak, grinning widely. "Actually, I knew a lot about you even before you came to teach in our school." I know all of your secrets, his smirk seemed to suggest. He kept talking loudly even as Kim fell silent, growing afraid.

"I've been learning Korean since last year. I asked a Korean student to translate an article in a Korean newspaper for me."

Kim felt a pang of guilt when he heard this.

"Around autumn last year, I read your article, 'A Group of German Leftist Writers.' I really liked it. I don't think there's anyone in Japan more familiar with German literature. I admire you. So when I heard H speak of you for the first time, I told him it would be good to invite you. I guess you could say I pulled some strings for you. It's really a good thing there are talented Koreans like you around, so I really do hope you continue making strides."

T was generous with his praise but it only left Kim feeling wounded. He had no idea why T would say such things to him. He had written the article in a hurry to make a few extra bucks last autumn. Be-

김만필은 좀 좋지 않아 말했다.

"천만에. 홍, 당신도 나는 책상물림으로만 알았더니 상당하구먼."

T 교수는 여전히 그 미소를 띠고 있다.

"아니, 정말 무슨 별짓을 하는 것은 아닙니다. 당신도 아시겠지만 나는 H 과장의 힘으로 이번에 취직이 된 것이니까요."

김은 변명에 힘을 들였다.

"그건 나도 잘 압니다. 그러기에 당신도 상당허단 말이지. 나는 H 과장하고는 고향이 같다우."

"네— 그러세요."

김만필은 더 할 말이 없었다.

T 교수는 잠깐 무슨 생각을 하더니,

"잠깐만 거기서 기둘려주시오."

하고 저벅저벅 골목 속으로 들어갔다. 그러더니 또 무슨 생각을 했는지 도로 나와서 김만필의 어깨를 또 한 번 툭 치며,

"허…… 왜 그렇게 멍하고 계슈. 세상이란 다 이런 게 아니우."

하고 들었던 보퉁이를 김만필의 눈앞에 번쩍 들어 보이

sides, now that he was a faculty member he didn't want anyone in S College to know about it, considering its contents. He regretted not using a pseudonym when he had written the piece. He also remembered a few articles he had written anonymously, one in which he had boasted of being a leftist critic, and which could now ruin his life if he was found out to be the author now. Did T know about these too? He stole a glance at his face, but the professor was still beaming. Kim felt something weighing on him, which was frightening.

When they stepped out of The Serpent, Kim was eager to be rid of T. But T hummed "Wacht am Rhein," and dragged him by the sleeves to a district lined with restaurants and shops. They went to a tiny restaurant selling skewered fish cakes where woman in her 30s, someone who looked like she might have worked at a geisha house before, stood behind a pot of fish balls and cakes. T seemed a regular there, too, by the way he bantered with her while they drank.

It was past midnight when they got out. Kim was quite drunk, but his mind was clearer. T raised his cane to hail a taxi in front of the Samwol Department Store. When Kim declined to ride with him, T

고 다시 골목 속으로 들어가 H 과장 집 부엌 쪽으로 사라졌다.

하녀하곤지 컴컴한 속에서 잠깐 쑤군쑤군하더니 T 교수는 곧 나왔다. 이번에는 아까와는 달라서 평상 때의 침착한 태도를 회복하고 성난 것 같은 표정을 짓고 있었다.

"자, 들어갑시다."

그리고 그는 잠자코 H 과장 집 정면 현관의 초인종을 눌렀다.

두 사람이 H 과장 집을 나온 때는 아직 초저녁이었다. T 교수는 어디로 잠깐 차라도 마시러 가자고 졸랐다. 김만필은 그에게 대해 차차로 말할 수 없는 불쾌를 느끼고는 있었으나 어쨌든 같이 가기로 했다.

두 사람이 간 곳은 세르팡이라는 술집이었다. 쑥 빠진 동경 여자라는 모던 여성이 카운터에 서 있는 깨끗한 집이었다. 여자는 둘이 들어서자,

"아라[14] T—상."

하고 환영하였으나 T 교수는 쉬— 하고 입술에 손가락을 대 침묵을 명하고 구석 테이블로 가서 자리를 잡았다.

explained that the trains had stopped running at that hour. He insisted that Kim share the taxi because it could drop him off at his place first before T.

"Do you know where I live?" Kim asked him as they pulled off in the taxi. He knew that T's elegant modern house was near his boarding house, but it surprised him that T would know the whereabouts of his filthy boarding house in an unknown alley.

"Of course, I do. Every house has its nameplate. I know it well."

"That's right," Kim said, nonplused.

"You know where my house is, right? It's right next to Mr. C's. Please drop by some day."

"Yes, I will," Kim answered, though deep inside, he thought he would never visit T under any circumstances. How could he know everything about him like a watchdog? He even knew where his boarding house was. A chill crept over Kim. What T was going to say next?

As the taxi climbed up Bakseok Pass, he whispered in Kim's ear. "You're bound to find this out later for yourself, but there are competing forces in our school. So you had better be careful, especially of Mr. S."

"자주 오십니까. 이 집에?"

김만필은 캉캉하게 생긴 여자와 뚱뚱한 T 교수를 번갈아 보며 물었다.

"네, 가끔 옵니다. 당신은?"

"나도 두세 번 온 일은 있습니다만."

T 교수는 여급에게 레몬 티 두 잔을 주문하고,

"긴상 어떠시우. 이건?"

하고 왼손으로 술 먹는 시늉을 해 보였다.

"아주 못 먹습니다."

"이거 왜 이러슈. 난 벌써 소문 다 듣고 앉았는데, 허……."

하고 너털웃음을 웃고 나서,

"긴상, 긴상 일은 무엇이든지 내 다 잘 알고 있답니다."

하고 이번에는 음침하게 눈을 가늘게 했다.

"긴상은 모르시겠지만 당신 일로 H 과장과 우리 학교 교장 새에서 연락을 붙인 것은 사실은 이 나랍니다."

T 교수의 말은 김만필로서는 처음 듣는 소리였다. 그러나 생각해 보면 T 교수의 지금 지위로 보아서 당연히 있음직도 한 노릇이었다.

Kim was puzzled. S had moved to S College from the preparatory course of Manchuria Institute of Technology last spring. He would have been promoted to professor this spring, but for T and his party's maneuvering, and he held a grudge about it. But Kim was not privy to these affairs, so he could not figure out what T was talking about no matter how hard he racked his brains. T laughed at Kim's silence. "You don't have to take it to heart. That's just how it is. The bastard doesn't deserve to be a professor." Then he lowered his voice again. "Just between us, he has his eye on your subjects. If he has the four hours, he might become professor this fall. He's a cunning one, so watch your back."

Kim felt like he was in a nightmare. Then T shouted, "Stop!" and the taxi screeched to a halt. They were right in front of the alley leading to Kim's boarding house.

4

Since those first few days after beginning work at S College, Kim had felt depressed. He didn't want to go see anybody. He couldn't even stand thinking of the principal. He couldn't erase from his mind

"그럼, 교장허구두 한 고향이십니까?"

"그렇구말구요. 안 그렇습니까."

T 교수는 뜨거운 차를 후―후 불며 대답했다. 차를 단번에 마시고 나서 이번에는 위스키를 주문했다. 위스키를 연달아 두서너 잔 먹고 나서 T 교수는 싱글싱글 웃으면서 말을 꺼냈다.

"실상은 나는 전부터 당신을 알고 있었답니다. 우리 학교로 오시기 전부터."

T 교수의 싱글싱글 웃는 얼굴에는 네 비밀은 내가 환하게 알고 앉았다는 의미의 표정이 나타나 있었다. 김만필은 슬그머니 겁이 났으나 잠자코 있노라니 T 교수는 기운이 나서 떠들었다.

"나는 작년부터 조선말을 배우기 시작했는데요. 그 때문에 언문 신문을 조선 학생에게 통역해 달래며 읽고 있었는데 (김만필은 가슴이 뜨끔했다) 그런 관계로 작년 가을이든가 당신이 쓰신 「독일 좌익 작가 군상」이라는 논문을 읽었에요. 그 논문에는 정말 탄복했습니다. 독일 문학에 대해 당신만큼 연구가 깊은 이는 내지에도 적을 것입니다. 참 탄복했습니다. 그래 나는 H 과장한테 맨 처음 당신 말씀을 들었을 때 그런 이는 우리 편에서 초

how lifeless the principal had looked on the morning of the ceremony. He didn't have to make any effort to win Kim's heart, so they simply greeted each other formally when they crossed paths in the hall. T still feigned politeness, but the more politely he behaved, the more Kim kept his distance from him. He couldn't stand the atmosphere in the faculty room. No one would speak to him first. As soon as the bell rang to signal the end of class, they hurried back to the faculty room, throwing their chalk boxes on the table, and chatting about all manner of trivial matters. Their attitudes seemed calculated, as if they wanted to show that they didn't give a damn about him. Among them, Lecturer S, whom T had warned him against, was the worst. Each time he ran into Kim, he managed to convey his dislike of Kim without even speaking.

When his class was finished, Kim would stand out in the yard outside the faculty room window and gaze up into the sky. Sometimes, he felt a surge of anger at his haughty colleagues. Damn you, he thought. Even if you treated me kindly, it would give me no pleasure. Then he would immediately regret entertaining such spiteful thoughts.

In contrast, the students all seemed to be taking a

빙해도 좋다고, 이래 봬도 나도 힘을 썼답니다. 조선 사람 중에도 차차 당신같이 훌륭한 사람이 나오게 됐다는 것은 참 좋은 일입니다. 앞으로도 많이 힘써주십시오."

T 교수는 웅변이 되어 김만필을 칭찬하였으나 김만필은 상처나 다친 듯이 속이 뜨끔하였다. 대체 T 교수는 어째서 이런 말을 꺼내는 것인지 그 내심을 알 수가 없었다. 「독일 좌익 작가 군상」이라는 논문은 작년 가을에 몇 푼 안 되는 원고료를 목표로 총총히 쓴 것에 지나지 않으며 더구나 그 내용은 S 전문학교의 직원의 한 사람인 김만필로서는 절대로 비밀에 붙여야 할 것이었다. 김만필은 그것을 익명으로 하지 않았던 경솔을 새삼스레 후회했다. 그러고 보니 그는 익명으로 쓴 그 외의 몇 가지 논문이 생각났다. 그것들은 제법 좌익평론가인 체하고 꽤 흰소리를 뽑은 것이기 때문에 만일 그런 것이 탄로가 나면 모든 것은 다 낭패가 되는 것이다. T 교수는 그것들까지도 알고 있는 것일까. 김만필은 의심을 품은 눈초리로 T 교수의 얼굴을 더듬었으나 그는 여전히 싱글싱글 웃고 있을 뿐이었다. 김 강사는 눈에 보이지 않는 무서운 압박을 느꼈다.

세르팡을 나오자 김만필은 잠시라도 빨리 T 교수의

favorable view of Kim. Even the Japanese students behaved well, and made no attempt to harass him. They showed an unexpectedly strong interest in the new German literary movement. Although he remained wary of Suzuki and Kado, whom T had cautioned him against, even they never failed to do the reading in advance and they always behaved themselves.

One Sunday in late October, he was reading a new issue of "Rundschau," lying down after break-fast, when he heard a dog barking in his yard. When he opened the door he was surprised to see Suzuki standing there with a book tucked in his waistband. What was he doing here? He felt dis-comfited, but curiosity got the better of him. He called out to him.

Suzuki was tall. His high cheekbones and promi-nent chin made him look like a Korean when they sat in close quarters. Kim thought to himself that T might not like that in Suzuki. He was a bit hesitant at first, but he started talking freely when their con-versation shifted to German literature. He said he wanted to quit S College and go to Tokyo to major in German literature. He wasn't good with languag-es and so was not proficient in German, but his

옆을 떠나고 싶었으나, T 교수는 김만필의 양복 소매를
잔뜩 붙들고 〈바흐트 암 라인〉을 콧노래로 부르며 요릿
집 등속이 늘어선 A 정으로 끌고 갔다. 그들이 간 곳은
어느 골목 속 조그만 오뎅집으로 삼십 살가량 되어 보
이는 예기 출신인 듯한 여자가 오뎅 냄비 뒤에 서 있었
다. T 교수는 이곳서도 단골손님인 듯싶어 여자와 농담
을 주고받고 하며 술을 먹었다.

두 사람이 오뎅집을 나왔을 때에는 자정이 지났었다.
이번에는 김만필도 상당히 취했으나 정신은 도리어 똑
똑했다. 삼월백화점 앞에 와서 T 교수는 단장을 들어
지나가는 택시를 불렀다. 김만필이 사양하니까, 전차도
끊어졌는데 걸어갈 수는 없지 않은가, 우리 집에 가려
면 어차피 자네 집 앞을 지나니까 같이 타자고 억지로
태웠다.

"우리 집을 아십니까?"

김만필은 자동차가 움직이자 물었다. T 교수의 훌륭
한 문화주택이 김 강사의 하숙 근처에 있는 것은 자기
도 잘 알고 있었지만 뒷골목 속 더러운 그의 하숙을 T
교수가 알고 있는 것은 정말 의외였다.

"아다마다. 문간에 명함 붙여놓지 않았나. 잘 아네."

knowledge of modern German literature was impressive. He had a better grasp than Kim of what had happened in Germany since Hitler seized power in spring.

"Did you know that Ernst Toller, Georg Kaiser, Renn, Remarque, and even Thomas Mann were all kicked out of the art academy?"

"Is that so?" Kim was impressed by this item of information, because he himself had not been able to keep abreast of developments in the German literary community since he started looking for work the year before. But he wasn't too keen on talking with Suzuki, not because T had branded him as a problem student, but just because of his instincts. Nevertheless, they discussed the Nazi government's crackdown on writers and criticized their political organs. Suzuki passionately denounced Hitler's deliberate destruction of various cultures. Kim felt more inclined to be friendly with him at this point, so much so that he almost showed Suzuki his true self—or, what he secretly believed to be his true self, even though it was at odds with how he was living—which he had sought to keep hidden since autumn. He was even at the point of confiding with him about the despondent feeling he had harbored

"네—."

김만필은 기가 막혔다.

"우리 집도 잘 알지. C 상 집 바로 옆이야. 인제 가끔
놀러오게."

"네, 가지요."

하고 김만필은 대답했으나 마음속으로는 안 가리라, 절
대로 안 가리라고 생각하였다. 무엇 때문에 이자는 탐
정견 모양으로 모르는 게 없단 말인가. 하숙까지 알다
니—김만필은 으시시 추웠다. 그러다가는 나중에 무슨
소리가 튀어나올는지 모르는 것이었다.

자동차가 박석고개를 넘어갈 때 T 교수는 김만필의
귀에다 대고,

"인제 차차 김 군도 알겠지만 우리 학교 안에도 여러
가지 암류가 있으니 주의하는 게 좋으네. 더군다나 S 군
한테는 주의해야 되네."

하고 수수께끼 같은 말을 속삭였다. S라는 사람은 전해
봄에 만주 공과대학 예과로부터 S 전문학교로 옮겨온
사람으로 이 봄에 교수가 될 것인데 어떤 사정으로—그
이면에는 T 교수 일파의 책동이 있었다—교수가 못 되
어 그것에 불평을 품고 있는 사람이었다. 그런 사정은

since first studying in Tokyo, but he managed to keep himself in check. Skeptically, Kim still looked at Suzuki anew.

Their conversation shifted back to Japan from Germany and then to S College. Suzuki was frustrated that most of the students had no interest in social and cultural affairs. They did nothing but memorize the notes that they had taken in class. He believed that it was because of special circumstances in Joseon and the school authorities' draconian regulations.

"Isn't it different in Tokyo?"

"Well..."

Kim's noncommittal answer prompted Suzuki to probe deeper. "How was it when you worked for the Cultural Criticism Society?"

"What?" Kim was startled. "Cultural Criticism Society?"

Suzuki's question was like a bolt from the blue. After he arrived in Gyeongseong and started looking for a job, he had said nothing about his past to his old Korean friends. In fact, he'd constantly been in fear of exposure since teaching at S College.

"What are you talking about?" Kim asked again, feigning ignorance.

김 강사는 모르고 있었기 때문에 자기 자신에 무슨 관계가 있나 하고 생각해 보았으나 아무것도 알 수 없었다.

김만필이 잠자코 있노라니까 T 교수는 껄껄 웃고,

"아니, 무어 별로 마음에 새겨들을 것은 없어. 그저 그렇단 말이지. 원체가 놈팽이는 교수될 자격이 없어."

그리고 또 김만필의 귀에다 입을 대고,

"허지만 사실을 말하면 그자는 자네 시간을 욕심내고 있다네. 그 네 시간만 얻었으면 이번 가을부터 교수가 될 걸 그랬거든. 어쨌든 음흉한 놈이니 주의하게."

김만필은 무슨 무서운 악몽에 붙들린 것 같았다. 그러자 T 교수가 스톱! 하고 소리를 질러 자동차는 삑― 하고 급정거를 했다. 김만필의 하숙으로 들어가는 골목 앞이었다.

4

김만필은 S 전문학교에 다니게 된 후로 갑자기 마음이 우울해져서 아무도 찾아가고 싶지도 않았다. 교장은 생각만 해도 싫었다. 취임식 날 아침의 그의 경박한 인

Suzuki smiled, "Every student in S College knows you were a zealous member of the society."

"That's not true. There must have been some kind of misunderstanding." Kim shook his head vigorously although he felt guilty that he'd allow his desire to hang onto his lowly job to trump his conscience.

"Really?" An odd look crossed Suzuki's face. "They say you made a fiery speech when the society was disbanded. That isn't true?"

"Not true at all," Kim said adamantly.

But he vividly remembered the emotionally charged day when it was decided that the group would be disbanded. In his anger, he kept stammering, but he had managed to deliver an impassioned, teary speech. He would never forget that proud moment no matter how abject he might become, and he hated himself for putting himself in a situation where he had to deny his past. But now it was his turn to take the offensive. Where on earth had the students picked up that information?

"Where did you hear all of this?" he asked Suzuki, who blushed at Kim's unexpected retort.

"Takahashi told me the other day."

"What about Takahashi?"

상이 일상 머리에서 사라지지 않는 것이었다. 한편 교장 쪽에서도 김만필의 호감을 사려고 노력할 리는 물론 없으매 두 사람은 어쩌다 복도에서 만나도 형식적인 인사를 주고받을 뿐이었다. T 교수는 여전히 친절한 체하였지만 그는 친절하게 굴면 굴수록 점점 더 싫어서 김만필 편에서 경원하였다. 교관실 공기도 참을 수 없었다. 교수들 중에 김 강사에게 먼저 말을 건네는 사람은 하나도 없었다. 그들은 시간 파하는 종이 울리면 앞을 다투어 교관실로 돌아와서는 더러운 물건이나 내버리듯이 백묵 갑을 테이블 위에 탁 내던지고 웅성웅성 쓸데없는 이야기를 시작하는 것이었으나 김 강사에게는 너 따위 놈은 우리들은 도대체 문제도 삼지 않는다는 듯한 태도를 일부러 지어 보였다. 그중에도 언젠가 T 교수에게 귓속말을 들은 일 있는 S 강사는 한층 심했다. 그는 김 강사의 얼굴만 보면 불쾌한 빛을 겉에까지 내면서 인사도 잘 하지 않았다. 김 강사는 시간을 끝내고 교관실에 돌아오면 뜰에 핀 코스모스 꽃을 넋 없이 바라보는 것이 버릇이 되었다. 때로는 그의 마음속에도 교만한 동료들에 대한 반항의 마음이 버럭버럭 치밀어 오를 적도 있었다. 놈들! 너깐 놈들이 친절하게 해준댔

"He said he had heard it from Professor T."

"Professor T?"

"Yes. He told him you were a great genius, a key member of the Cultural Criticism Society."

"Hmm..." Kim didn't think that it was a trifling matter to ignore. A wicked plot, that's what it was. But how could T have sniffed it out? How like a German shepherd! It filled Kim with rage to see his true colors. It also made him more suspicious of Suzuki. This was his first visit, so how could he possibly trust Kim so much that he would babble about things that could lead to his expulsion if he told them to other teachers? What if he was in league with T and was trying to smoke him out? With that single seed of suspicion sown, Kim found himself suspecting everything. It seemed odd that T should have denounced Suzuki unprovoked just a day after the ceremony. Could it be part of a well-orchestrated scheme to ensnare him? Perhaps sensing his discomfort, Suzuki seemed hesitant and at a loss. It only made Kim dislike him more, believing his innocence was put on.

Suzuki sat there for some time, dispirited, before opening his mouth again. "I believe I've taken up too much of your time with my trivial talk," he said,

자 나는 조금도 기쁠 것 없다. 그러나 그런 생각을 한 후면 이번에는 자기 자신의 천박한 심정이 도리어 후회되는 것이었다.

그러나 이런 직원 새의 공기와는 반대로 김 강사에 대한 학생들의 평판은 나쁘지 않았다. 내지인 학생들도 그를 괴롭히기는커녕 얌전하기 짝이 없었다. 김 강사는 가끔 독일 신흥문학운동 이야기 같은 것을 꺼내 보았으나 학생들은 도리어 흥미 있어 하는 듯하였다. 학생이라는 것은—하고 김 강사는 생각하였다—아무 데를 가도 매일반이다. 이것에 기운을 얻어 그는 차츰차츰 일반적인 새로운 문학 운동 이야기를 해보았다. 언젠가 T 교수가 주의를 시켜주던 스즈키니 가도니 하는 학생들에게는 그래도 안심이 안 되었으나 그들도 예습은 꼭꼭 해오고 별로 건방지게 구는 법도 없었다.

시월 하순의 어느 일요일, 아침밥을 먹고 새로 도착한 《룬드 샤우》[15]를 드러누운 채로 펴들고 있는데 마당에서 게다 소리가 들렸다. 문을 열고 보니 그것은 의외에도 무슨 책을 옆에 낀 스즈키였다. 스즈키가! 하고 김 강사는 잠깐 뜨끔했으나 도리어 일종의 흥미가 생겨서 곧 방으로 불러들였다.

rising and with his hat in hand. But he tarried before taking his leave.

"Actually, I came here to ask you a favor." He studied Kim's face before continuing. "Some of us have come together to form a German literature club and we were hoping you could become our adviser."

Suzuki hinted that they wanted Kim to be part of their group. Yamada, Kim, Kado and he hoped to study not only German literature but also the general state of social affairs in the country. All their club needed now was a leader. After hearing Kim's lecture and unexpectedly finding out about his past activities, Suzuki had decided to call on him to tender an invitation. However, his careless remarks had led Kim to misunderstand him. But since Kim knew none of this, Suzuki's grave look only made him more suspicious.

"I don't have time to join you," he said, rejecting their offer outright.

"Sir, if you could only make a little time..." Suzuki said, trying to change his mind.

"No," Kim said adamantly, "my schedule will not allow it."

Suzuki vacillated before saying, "I'd better go

스즈키라는 학생은 키가 크고 광대뼈가 내밀고 아래
턱이 큰 것이 마주 앉아 보면 조선 사람 같은 인상을 주
었다. 이 얼굴이 T 교수의 마음에 안 드는 것인가 하고
김 강사는 생각해 보았다. 스즈키는 처음에는 머뭇머뭇
하고 있더니 이야기가 독일 문학으로 돌아가자 기운이
나서 떠들기 시작하였다. 될 수만 있으면 S 전문학교 따
위는 집어치우고 동경으로 가서 독일 문학을 전공하고
싶다는 것이 그의 희망이었다. 스즈키의 어학 힘으로는
아직 독일어 같은 것은 잘 알지 못할 터인데 그는 독일
문학 그중에서도 독일 현대문학에 대해 몹시 자세히 알
고 있었다. 그해 봄에 히틀러가 정권을 잡은 뒤의 일은
김 강사보다도 도리어 잘 알고 있었다.

"에른스트 톨러, 게오르그 카이저, 렌, 레마르크, 심지
어 토마스 만 형제까지도 예술원을 쫓겨났다지요?"

"그랬지요."

김만필은 작년 이래로는 취직 운동에 쪼들려 독일 문
단의 최근 사정을 알아볼 여유가 없었더니만큼 스즈키
의 지식에는 감복했지만 그와의 이야기에는 별로 흥을
낼 수 없었다. 그것은 스즈키가 불량 학생이라는 T 교
수의 귀띔이 있었기 때문뿐이 아니라 다른 본능적인 경

then, sir. Sorry for the trouble." He slipped out of the gate, spinning his hat on his fingertips.

5

Since Suzuki's visit, Kim's life grew even more despondent. Like a neurotic patient with a compulsive disorder, he was dogged by something he couldn't put his finger on. For no particular reason, he felt anxious and lifeless. He thought about seeing T and H to confide in them about his problems, but he sensed that his melancholy had deeper roots. What's more, he was all too conscious of the final gatekeeper guarding his poor conscience, and this heightened his frustration.

He became increasingly reticent in school. Whenever T spoke to him, he answered politely, but felt unpleasant, sure that he was setting up a trap for him. It was true he had never gotten into an argument with anyone since he'd begun working at S College, but he secretly hated everyone, assuming that others and he were contemptuous of each other, as if they would openly attack each other finally given the slightest opportunity. Perhaps this was the predetermined fate he had bargained for.

계심도 있었기 때문이다. 그래도 두 사람의 이야기는 나치스 독일에서의 문학자 박해로부터 그것의 정치 조직에 대한 공격으로 옮겨갔다. 스즈키는 열을 띠어 히틀러의 문화 유린을 욕하였다. 그러는 동안에 김만필은 차차로 스즈키에 대해 우정을 느끼게 되어 이번 가을 후로 감추기에 애써오던 그의 보다 진실한 반면—그가 지금 어떠한 생활을 하고 있든 간에 그 감추어진 반면이야말로 정말 자기라고 남몰래 생각하고 있는 그 반면을 하마터면 토설해서 동경 유학 시대 이후로 울적했던 기분을 풀 뻔했으나 마음을 다시 고쳐먹고 스즈키의 얼굴을 경계하는 눈으로 들여다보는 것이었다.

화제는 독일서 일본으로 돌아오고 다시 S 전문학교로 옮겨졌다. 스즈키는 S 전문학교 학생들이 대부분은 사회적 문화적인 것에는 조금도 흥미를 갖지 않고 학교의 노트만 기가 나서 외고 있다고 분개하며, 이것은 요컨대 조선이라는 특수한 환경과 학교 당국의 가혹한 취체 때문이라고 떠들어댔다.

"동경 같으면 그렇지 않겠지요?"

"글쎄."

하고 김만필이 막연한 대답을 한즉 스즈키는 별안간,

Accordingly, he did not regret maneuvering his way into S College. He just felt like letting things take their course, as he didn't care much about the consequences.

But even in this detached state, Kim gradually understood the way things stood with the faculty at S College. On one side and wielding power were T and the others who surrounded the principal. On the other side there was the opposition, people like Professor U and Lecturer S. Lecturer S had quit his post at the preparatory course of Manchuria Institute of Technology at the request of the principal with whom he had special connections. But T's shrewd machinations had driven a wedge between the two, and S could not secure a professorship, leading him to ally himself with Professor U and their other colleagues who called themselves the Justice Force. Kim had nothing at stake to waste time thinking about their futile struggle, much less to get embroiled in it. But deep inside, he felt for U and S. He might even have joined their camp if S had not shown him such contempt and hostility.

Winter break was just around the corner. Cold, overcast days followed one another, and the sky occasionally sprinkled a few light flakes of snow.

"선생님이 문화비판회서 일하고 계실 때는 어땠습니까?"

하고 김만필의 얼굴을 쳐다보며 물었다.

"에? 문화비판회?"

김만필은 깜짝 놀랐다. 스즈키의 질문은 그에게는 청천의 벽력이나 다름없었다. 김만필은 경성 와서 취직 운동을 시작한 후로는 그의 과거 경력은 같은 조선 사람 옛날 친구들한테도 이야기하지 않았었고 더군다나 S 전문학교에 취직한 후로는 이 과거의 비밀이 탄로될 것을 무엇보다도 무서워하고 있던 것이다.

"문화비판회라니?"

김만필은 시치미를 떼고 되물었다. 스즈키는 싱글싱글 웃으며,

"선생님이 그 회원으로 굉장하게 활동하신 것은 학생들이 모두들 압니다."

"아뇨, 그런 일은 없소. 그건 무슨 잘못이겠죠."

김만필은 당장에 고개를 좌우로 흔들며 그 말을 부정했다. 가슴속에서는 그의 조그만 지위와 양심이 저울에 걸려 있는 것을 느끼면서.

"그러셔요."

One day, Kim ran into T on the way to class.

"It's rather chilly," T said, speaking first, as always.

Kim returned the greeting and tried to edge his way past him, but T wouldn't let him off so easily. "Mr. Kim," he said, grinning, "Do you remember the night we bumped into each other in front of H's?"

Kim plastered on a smile instead answering him.

"Do you remember I was carrying a box of sweets then?"

Kim nodded, still smiling.

"Well, that's the way the world is. I'm sure you know I wasn't doing that just because I wanted to. Anyway, now that the year is drawing to a close, why don't you drop by our principal with a box of sweets?" T left without waiting for an answer.

Kim couldn't get his words out of his mind as he delivered his lecture. It sounded reasonable enough but he quickly changed his mind. What would be the point of visiting the principal now that he could be belittled for doing so? Given the kind of person T was, it was hard to imagine that he truly had Kim's best interests in mind. Most likely he was simply toying with Kim because he was a greenhorn with things to hide. At the same time, you could also construe his advice as a threat: "The principal hates

스즈키는 의아해하는 표정을 하면서,

"그 회가 해산될 때 선생님이 굉장한 열변을 토하셨다는 말까지 있는데요?"

"아니, 그런 일은 없소."

김만필은 그래도 부정했다. 그러나 그의 기억에는 그날의 감격에 찬 광경이 역력하게 나타났다. 문화비판회가 드디어 해산되기로 정해진 날 그는 분노에 불타서 말은 더듬거릴망정 그야말로 소리와 눈물을 한꺼번에 내쏟는 열변을 토한 것이었다. 그 고운 기억은 그가 아무리 비열한 인간이 되어버리는 날이 있을지라도 결코 잊어버릴 수 없는 것인 것이다. 김만필은 그것까지도 터놓고 이야기할 수 없는 자기의 현재의 지위에 대해 잠깐 스스로 책망하는 생각에 잠겼었다. 그러나 곧 그는 공세로 옮겨갔다. 이런 소리까지 냄새를 맡아가지고 학생 새에 펼쳐놓는 그 근원은 대체 어느 곳에 있는 것인가.

"그런 소문은 대체 어디서 들었소?"

스즈키는 김 강사의 심상치 않은 태도에 당황해서 얼굴을 붉히며,

"요전에 다카하시 군에게 들었습니다."

your guts, and you'll be fired unless you do something to change his mind."

That night, he went to Myeongchiok and bought a box of Western confectionery. He wrote "A little something" on the card and slipped his business card in. All this time, two voices wrestled in his mind.

I would never do such a thing for the life of me, one said. *If I bring this to the principal, he would sneer, thinking, gotcha! And T would smirk behind my back, thinking how gullible I was. Given that I wasn't likely to stay long at S College, it could only damage my reputation.*

The very next moment, however, the other voice would seize his attention. *Just like T said, this is just the way the world is. Even if I refuse to sell out, I know in my guts that I want to keep the job. What's that they say— a drowning man will even clutch at a straw? Then why should I hold back? If what I am about to do is so abominable, then those who goaded me into it are even worse. It was a blight on their conscience, not mine. I could always scoff at the vulgarity of those who drew pleasure from baiting small fry like myself.*

After choosing the devil's advocate proposal, he boarded a streetcar bound for Seodaemun, the box of sweets in his hand. But his resolve didn't last

"다카하시는?"

"T 선생이 그러시드래요."

"T 선생?"

"네. 김 선생님은 굉장한 수재시고 동경제대서도 문화비판회의 중요한 회원이시었다구요."

"흠—."

김만필은 말없이 생각하였다. 이것은 예사로 넘길 일이 아니다. 무슨 깊은 책략이 있는 것이라고 생각하였다. 그러나 그렇기로 T 교수는 대체 어디서 또 그런 소리를 냄새 맡아 왔을까. 정말 셰퍼드 같은 작자다. 이놈 이번에는 제 본색을 나타냈구나 하고 분개했다. 그러고 보니 지금 그의 앞에 앉았는 스즈키까지도 의심스러워졌다. 스즈키는 오늘 처음으로 찾아왔으면서 다른 선생한테 가서 철없이 떠들면 단번에 학교를 쫓겨날 만한 소리를 지지하게 늘어놓았으니 그렇게까지 자기를 신용할 근거가 어디 있는가. 어쩌면 이 스즈키 놈도 T 교수와 한통이어서 일부러 김만필의 본심을 떠보러 온 것이나 아닐까. 이렇게 의심하기를 시작하니까 다음다음 모든 것이 의심덩어리였다. 대체 취임식 다음 날 T 교수가 난데없이 스즈키 욕을 자기에게 들려주던 것부터

long. He disembarked at Gwanghwamun Station and slowly walked toward Jongno instead of taking the streetcar bound for Hyojadong. Compared with the crowded streets of Bonjeongtong, the area was rather quiet. Though it was December and business should have been brisk, signboards glowed idly and red flags advertising year-end sales flapped in the dusty, forlorn street. After wandering aimlessly for some time, he suddenly thought about his aunt who'd shunned by their relatives because of her greed. He quickened his steps toward the back alley of Pagoda Park.

6

Winter break began and the new year came around without Kim stepping out of his boarding house or writing a single New Year's greeting card. His mind was growing ever more warped, and a sort of realization began to dawn on him. His life seemed to have reached a dead end, but he didn't have the will to find a way out of it. He thought that he had no choice but to simply wait for death to come for him while he slumped around. He had difficulty breathing.

이상스러웠다. 그것은 일부러 자기를 속일 전제가 아니었던가…… 스즈키는 김 강사의 눈치가 험해 가는 것을 보고 어쩔지를 몰라 멈칫거렸으나 스즈키가 그러면 그럴수록 김 강사는 이놈 시치미를 떼는구나 하고 점점 더 스즈키가 밉게 생각되는 것이었다.

스즈키는 흥미 깨진 듯이 한참 앉았더니,

"너무 실례가 많았습니다. 공연히 쓸데없는 소리를 지껄여서."

하고 모자를 들고 일어섰다. 그러나 곧 나가려 하지 않고 잠깐 머뭇머뭇하더니,

"사실은 선생님께 청이 있어 왔는데요."

하고 김만필의 얼굴을 잠깐 쳐다보고,

"저희 반에 맘 맞는 동무 몇이 모여서 독일 문학 연구의 그룹을 만들었는데 선생께서 지도를 좀 해주십소사고—"

스즈키는 언외에 뜻을 품게 하여 김 강사를 자기들 그룹으로 이끌었다. 사실은 그는 야마다, 김, 가도 들과 함께 학교 안에 조그만 단체를 만들어 가지고 독일 문학 연구를 하는 한편 좀 더 널리 사회 사정을 연구하려는 것이었다. 그러려면 누구든지 지도자가 한 사람 있

Dust gathered on his desk and he made no attempt to open the newspapers and magazines that came in the mail from abroad. He developed a habit of sleeping in. Everyday, he would get up around lunchtime, grab a bite, and then head out for a walk on the windy street. Even amid the new year festivities, there were no decorations to be seen in Jongno, only dust raised by the raw wind.

When he got tired, he would venture inside one of the newly opened cafes in the alley and sit there absentmindedly. No matter which cafe he entered, there were always a lot of young people like him, most of them presumably in similar straits as him. Having graduated from school, they now found themselves jobless. The academe and art world were not the kinds of places that one could transform overnight as if by a miracle, also; they didn't have enough fire in their bellies to break free from the status quo and risk testing themselves like iron in a furnace. All they could do was let time trickle away in a cafe for as long as they had money to buy a cup of tea. Nor could you expect to find spirited debates or passionate love affairs in these places. All you would find in them was the silence of death.

어야 할 터인데 김 강사의 강의든가 우연히 들은 그의 과거 경력이든가를 보아 그 일을 김 강사에게 청하려고 오늘 찾아온 것이었다. 그러나 생각이 없는 경솔한 말 때문에 김 강사를 의외의 오해로 몰아넣은 것이다. 김 강사는 스즈키의 그런 사정을 알 리가 없고 스즈키가 진실한 표정을 하면 할수록 도리어 의심을 깊게 할 뿐이었다.

"바빠서 난 참가 못 하겠소."

그는 스즈키의 청을 단번에 거절했다.

"선생님 틈 계신 대로라도—."

스즈키는 열심이다.

"몹시 바쁘니까 도저히 못 하겠소."

김 강사는 다시 한 번 딱 거절했다. 스즈키는 그래도 선 채로 잠깐 머뭇머뭇하더니,

"그러면 실례합니다. 오늘은 여러 가지로 미안했습니다."

하고 모자를 손끝으로 빙글빙글 돌리며 대문을 나갔다.

As the days went by, Kim grew weary in spite of himself. Even the sense of impatience that used to galvanize him into action was ebbing away. He was simply marking time, his mind in a state of torpor. He couldn't forget a fragment of a story he'd encountered in Daudet's writing during college French lessons seven or eight years before: L'ennui lui vint.

"Ennui visited him." The brief sentence brimmed with meaning for Kim. The story went like this. Tethered by a wire, a little lamb grazes peacefully in the pasture every day. The lamb gets bored, and one day it finally breaks its leash and runs into the wood, where it ends up being eaten by a wolf lying in wait. Lying down in his room, Kim would stare at the wall splattered with the blood of bedbugs and think about the fleeting happiness of the devoured lamb.

T looked much more cheerful when he showed up at the faculty room when classes reopened. For several days there had been a cold spell—20 degrees Celsius below zero—and he had boasted that he'd survived it in a single pair of shorts. His face was ruddy. Then, out of the blue, he said that he'd conducted a great deal of research on Korean customs and traditions during the winter holiday.

　스즈키가 찾아왔다 간 후 김만필의 생활은 더욱더욱
우울해 갔다. 강박관념에 쪼들리는 신경쇠약 환자같이
그는 항상 무엇엔가 마음의 위협을 느끼고 있었다. 공
연히 쭈볏쭈볏하고 아무것을 해도 열심이 안 났다. 그
러면 T 교수나 H 과장을 찾아가서 자기의 약점을 전부
고백하면 좋을 듯도 싶었으나 그의 우울에는 그 이상의
무슨 깊은 뿌리가 있는 듯싶었다. 뿐 아니라 그곳에는
그의 힘없는 양심의 최후의 문지기가 서 있었다. 공연
히 마음만 안타까울 뿐이었다.

　학교에를 가도 그는 점점 더 말을 하지 않았다. T 교
수가 말을 걸든지 하면 겉으로는 공손하게 대답했지만
속으로는 섬찌근하며 이자가 또 무슨 흉계를 꾸미는 것
인가 하고 미워했다. 생각해 보면 그는 S 전문학교에 온
뒤로 아직 아무하고도 말다툼 한 번 한 일 없건만 모든
사람과 마음속으로는 미워하고 서로 멸시하고 두고 보
아라는 듯이 으르렁거리는 것 같은 형세가 되고 만 것
이다. 그러나 이것은 당초부터 정해진 운명이었는지도
모른다. 그래 그는 억지로 S 전문학교에 빼기고 들어간

"I happened to meet a shaman and decided to learn more about Joseon religions, superstitions, and the customs and traditions surrounding coming of age rites, marriage, death, and ancestor worship. It was quite fascinating. To understand a nation's people thoroughly, you couldn't do better than do this kind of research. I heard that in order to cure people of madness, a possessed shaman would use an eastward-growing branch of a pear tree to beat the patient black and blue. That would banish his madness. Isn't that fascinating? Meanwhile, they would feed shit to women who lie habitually. Ha ha... As for this one, I'm inclined to think it's true looking at the silky complexion of Korean women. It's said that they wash their faces with piss before going to bed. Maybe I can get my wife to do the same. Ha ha ha..." he laughed heartily.

The other professors chimed in his laughter. Kim was upset and wanted to smack him across the face. But he had to put up with it. He said nothing, nothing except to say, "Whose custom is that? I've never heard of or seen it."

For the first time, T and the others seemed to notice his presence and turned to him. The air in the faculty room grew chilly all at once.

것을 별로 후회하지도 않았다. 될 대로 되어라는 일종의 자포자기 같은 마음이 드는 것이었다.

그런 중에도 날이 지남을 따라 S 전문학교 직원 새의 공기는 외톨배기 김 강사에게도 차차로 짐작되었다. 한편에는 T 교수를 중심으로 하는 일파가 교장을 둘러싸고 학교 안의 세력을 쥐고 있고, 한편에는 U 교수, S 강사 들이 '정의파'로 그와 대항하고 있는 듯하였다. S 강사는 교장과 특별한 관계가 있는 사람으로 교장의 초빙으로 만주 공과대학 예과의 자리를 일부러 팽개치고 온 사람인데 T 교수의 맹렬한 이간질로 교장과의 사이가 틀어져서 지금까지 교수도 못 되고 U 교수의 정의파로 붙은 모양이었다. 김 강사는 그런 무의미한 세력 다툼에는 한몫 낄 자격도 없거니와 생각도 없었으나 마음속으로는 역시 U 교수와 S 강사들 편으로 동정이 갔다. 만일 S 강사가 김 강사에게 이유 없는 멸시와 적의만 보이지 않았으면 김 강사는 그들의 정의파에 가담했을는지도 모르는 것이다.

겨울 방학이 가까워갔다. 으스스하게 흐린 날이 계속되고 때로는 가루 같은 뽀숭뽀숭한 눈발이 날리기도 했다.

"No offense meant," T said. "I just heard it from an ignorant shaman." He pulled an apologetic look Kim had never seen on his face before. "Anyway, superstition exists even in civilized countries."

Kim wanted to say more but the bell rang so he simply stormed out of the faculty room with his box of chalk.

Strangely, the cloudy days continued unbroken that winter. Instead of the usual three days of cold followed by four days of warmth, it hovered around 10 degrees Celsius below zero every day. The weather was not to his liking. On the way to S College, he looked out the streetcar window at the suburban landscape, which stood gray as far as his eyes could see. Nearby, dirty houses looking more like barracks lined the streets crookedly like the teeth of a saw. Beyond the woods, a hydropower transmission tower loomed above the roofs. Mt. Bukhan stood out black against the gray sky.

Kim remembered the old days. When he was in middle school, he used to carry a pair of skates and go skating around the area. Back then, the barracks-like houses and the hideous transmission tower were non-existent. A thoroughfare lined with weeping willows used to meander through the

어느 날, 김 강사는 교실로 들어가는 도중에서 T 교수와 마주쳤다.

"대단 추워졌습니다."

언제나 같이 T 교수가 먼저 인사를 했다.

"대단 춥습니다."

김 강사도 같은 소리로 대답하고 지나가려는데 참, 잠깐만 하고 T 교수가 불렀다. T 교수는 빙글빙글 웃으면서,

"긴상, 그날 밤 일 아즉 기억하고 계시죠. H 과장 댁 앞에서 우리가 맞닥뜨리던 날 밤—."

김 강사가 의미 없는 웃음을 지었더니,

"기억하고 계시죠. 내가 과자 상자를 들고 갔던 것 보셨죠."

김 강사는 웃으며 고개를 끄덕였다.

"세상이란 다 그런 겝니다. 난들 그런 짓을 하기가 좋아서 하겠소. 어쨌든 지금 연말도 되구 했으니 교장한데 무어 과자라도 한 상자 사 가지구 찾어가 두시란 말이오."

말해 던지고 T 교수는 그대로 가버렸다.

교실에 들어가 강의를 하면서도 김 강사는 T 교수의

paddies. The sky was always clear and blue. A grove of pine trees stood beyond the rolling fields, and Mt. Bukhan's small, stately, snow-capped peak loomed in the distance. The water that collected in the rice paddies would be frozen like glass, and Kim, a middle school boy then, could glide about as freely as he wished.

Around the end of February, Kim was sitting vacantly in the reading room after first period, as he was wont to do, when T showed up. He asked him to come to his office to discuss something after work.

When he arrived at the office, T spoke immediately.

"I'll be brief. I visited H last night since it's been some time since I last did so. I don't know why but he seemed to be in a bad mood, having heard strange rumors about you. I don't know what he'd heard, but this much I can tell you: Our principal has a quick temper and you might have offended him without meaning to. Pardon me for saying this but I don't think you know how the world works. It isn't like a book. It's better to call on your superiors from time to time. Not every season, but you still should even if you don't have anything to give

말을 잊어버릴 수가 없었다. 씹어 생각해 보면 T 교수의 말은 그럴 듯도 싶었다. 그러나 다시 생각해 보면 지금 와서 과자 상자를 사 들고 추적추적 교장을 찾아가도 소용이 없을 뿐 아니라 도리어 업신여김을 받을 것 같았다. 뿐 아니라 T 교수의 성격이라든지 그의 모든 것을 생각해 보면 그가 진정으로 김 강사를 위해 무슨 말을 해줄 이유는 하나도 없는 것이다. 만일 그렇다면 T 교수의 말은 실상은 책상물림 주제에다 어딘가 만만치 않은 구석이 있는 김 강사를 조롱한 것에 지나지 않는 것이다. 그러나 또다시 돌려 생각하면 T 교수의 말은 좀 더 의미가 깊은 것으로 '교장은 너를 미워하고 있다. 너도 미리 생각을 돌리지 않으면 목이 잘라진다'라는 협박같이도 생각되었다.

그러나 어쨌든 그날 밤 김 강사는 명치옥에 가서 서양 과자를 한 상자 샀다. 위 뚜껑에 '조품'이라 두 자를 쓰고 그 밑에 자기의 명함을 붙였다. 그러나 그러는 동안에도 그의 마음속에서는 종시 두 가지 의사가 싸우고 있었다. 암만 무얼 해도 이 짓만은 하기 싫다. 자기가 이것을 가지고 가면 교장은 이놈 인제두 하고 빙그레 웃고 T 교수는 등 뒤에서 그 능글능글한 웃음을 띠고 나

them. He told me that you've never even visited him once since then. Unlike me, he'd helped you from the start to get this job. You can get more lecture time later if you do right..."

"Then—"

"He was vague so it might be a good idea for you to visit him this evening."

"Sure," Kim mumbled. But he'd felt something flare up in his heart, something he'd tried to keep in check for some time, even as he listened to T.

Bastards, he thought. *While I behave like a fool and a coward, they grow more and more brazen and do with me as they please. I've thrown myself before you and let you do what you wish. Even if you trampled or kicked me I wouldn't resist. What more do you want from me?* He cursed H and the principal under his breath and imagined spitting hard into T's face, T who had the presumption to deliver those poisoned words in the guise of friendly advice.

But as soon as he reached home, he grew more agitated and lost his composure. In view of what T had told him, it seemed that his fate had been sealed. This realization shook him to the core of his being. He grew weary of, and even hated himself for holding out until the end. But he simply didn't

의 어리석음을 조소할 것이다. 어차피 S 전문학교에 다니는 것도 길지는 않을 것이니 이런 짓까지 하면 그만큼 나는 밑질 뿐 아닌가. 그러나 바로 그 다음에는 다른 생각이 드는 것이었다. 아니 T 교수의 말대로 세상이란 다 이런 것이다. 내가 지금 암만 뽐내본댔자 뱃속을 짜개면 S 전문학교를 나가고 싶지 않은 것이 본심이 아닌가. 물에 빠지는 자는 지푸라기라도 잡는다 한다. 이론이 다 무엇이냐. 내가 이런 짓을 하는 것이 더럽다 하면 나에게 이런 짓을 하게 하는 자들은 더 더러운 것이다. 이런 것으로 더럽히는 것은 내 양심이 아니라 놈들의 양심이다. 나는 요런 조그만 미끼를 물고 좋아하는 놈들의 그 천박한 꼴을 조소하면 그뿐인 것이다―.

김 강사는 악마의 마음을 먹은 심 잡고 과자 상자를 들고 서대문행 전차를 탔다. 그러나 그의 결심은 오래 계속되지 못했다. 그는 광화문 정류장에서 전차를 내려 효자동 가는 전차를 타지 않고 천천히 종로로 갔다. 본정통의 번잡한 데 비해 이곳은 몹시 잠잠했다. 일루미네이션[16]만 헛되게 빛나고 세모 대매출의 붉은 깃발이 쓸쓸한 섣달 대목 거리의 먼지에 펴덕이고 있었다. 한참이나 거리를 어슬렁거리다가 욕심쟁이로 일가 간에

know how to behave otherwise. Finally, he made up his mind to heed T's advice for the first and last time. And this time he reminded himself to bring along a box of sweets for H as T had advised.

When Kim arrived it appeared another guest had arrived before him. A pair of shoes sat on H's porch. It seemed he might have just left though because the maid was clearing teacups and plates from the table when Kim entered the living room. H was sitting alone in a chair and glared at Kim the moment he saw him approach. "What the hell are you doing here?" he spat.

Kim glanced at him briefly and bowed again. *I'm finished*, he thought. He was speechless, the various excuses he had thought up on the way there vanishing into thin air. He could barely open his mouth. "It's been some time since my last visit..."

"Ingrate!"

Astonished, Kim looked up at H.

"Why do you throw this shit in my face?" H said.

Still bewildered by the unexpected vitriol, Kim bowed and apologized profusely without knowing why. But H continued. "How could you humiliate me?"

"Me? May I ask how I've humiliated you?" He

돌림뱅이가 된 아주머니를 생각한 그는 걸음을 빨리해 파고다공원 뒷골목으로 들어갔다.

6

동기 방학이 되고 해가 바뀌었으나 김 강사는 하숙에 꼭 들어앉아 있었다. 연하장 한 장도 내지 않았다. 그의 마음은 점점 더 비틀려 갔으나 속에는 일종의 깨달음 같은 것이 생기고 있었다. 그에게는 막다른 골목까지 온 것 같은 지금의 생활을 타개해 나갈 의사 같은 것은 물론 없고 차츰차츰 숨이 가빠 들어와도 그대로 누워 죽음을 기다리는 수밖에 없다고 생각되었다. 책상 위에는 먼지가 쌓이고, 외국서 온 신문 잡지는 겉봉도 뜯기 싫었다. 그는 늦잠을 자는 버릇이 생겼다. 점심때나 되어 일어나서는 밥을 한술 떠 넣고 바람 부는 거리를 거니는 것이 일과가 되었다. 새해라 해도 종로 거리에는 장식 하나 없고 살을 에는 매운바람이 먼지를 불어 올릴 뿐이었다.

피곤하면 뒷골목에 갑자기 많아진 찻집을 찾아 들어가 정신 나간 사람같이 앉아 있었다. 찻집에는 아무 데

couldn't think of anything he had done to shame H.

"So you want to keep lying to me to my face?"

"I've never done that, sir."

"Never?" H seemed ready to strangle him. "Let me tell you then. You joined an ideological club while you were in college and you've involved yourself in a leftist literary movement since you moved here."

"But that—"

H cut in, his voice trembling. "Why did you think you could hide this all from me? Did you think none of it had anything to do with me? Shameless! You become a teacher and pretend everything is alright. But what about those who helped you get where you are? I railroad your appointment against fierce opposition from the school authorities, vouching for you anyways. Goddamn, I suppose in the end it's my fault for having trusted you. It was stupid of me to be won over so easily. You selfish ingrate!"

While H ranted, Kim understood that what he'd dreaded had finally come to pass. Now he had nothing more to be afraid of. Was this all that had hung over him like a dark shadow since last autumn? Realizing this, it was as if a heavy burden had been lifted from his shoulders. All the same, he

를 가도 일상 김 강사와 같은 젊은 사내들이 그득하였
다. 그들은 대개는 김만필과 비슷한 경우에 처해 있는
사람들이었다. 학교는 졸업했으나 갈 곳은 없고 학문이
나 예술상의 기적적인 사업이 하룻밤에 되는 것도 아니
고 그렇다고 현상 타파의 마음을 굳게 해서 강철이나
불길을 사양치 않을 만한 용기를 저마다 갖고 있는 것
도 아니고 보니 차를 사 먹을 잔돈푼이 안즉 있는 동안
에 이렇게 찻집에 와서는 웅덩이에 고인 물 같은 시간
을 보내고 있는 것이다. 여기에서는 활발한 토론의 꽃
이 피는 법도 없으며 불길 같은 사랑의 피가 타오르는
일도 없고 오직 죽음과 같은 침묵의 시간이 계속될 뿐
이었다.

날이 감을 따라 김만필은 점점 자기의 힘으로는 이길
수 없는 정신의 피로를 느끼기 시작하였다. 어떻게든지
해야 되겠다 하는 초조한 마음은 점점 없어지고 축 늘
어진 채 의미 없는 시간을 맞고 보내고 하는 것이었다.
벌써 칠팔 년 전에 대학 불란서 말 코스에서 우연히 눈
에 띈 도데의 소설 속의 짧은 구절이 머리에 떠서 지워
지지 않았다.

—L'ennui lui vint.

wanted to set the record straight. He had never sympathized with any ideology in the past.

"I'm sorry but you have misunderstood. I've never been an ideologue."

"How dare you! Are you trying to make a fool of me?" Enraged, H bellowed and stood, upending his chair and sending it crashing into the table.

The door to the adjoining room opened. It was H's wife. She was bringing in a tea tray, and behind her, all smiles as usual, like a lilting spring breeze, was T.

1) It refers to female escorts who cling to men during a walk in Ginza, a shopping district in Tokyo, in order to make money.

Translated by Sohn Suk-joo

'그에게 피곤이 왔다'는 이 짧은 구절이 무슨 깊고 또 깊은 의미를 가진 것같이 생각이 되는 것이다. 이야기는 철사에 붙들려 매서 날마다 평화한 목장의 풀을 먹고 있던 어린 양이 드디어 생활에 권태를 느끼고 어느 날 이 철사를 끊고 숲 속으로 달아나서 거기서 기다리고 있던 이리한테 잡아먹혔다는 것이다. 김만필은 하숙 온돌에 드러누워 빈대 피 터진 벽을 바라보며 그 잡아먹힌 어린 양의 행복을 생각해 보기도 했다.

휴가가 끝난 뒤에 교관실에 나타난 T 교수는 그전보다도 한층 기운이 있었다. 이번 겨울은 특별히 추워 영하 이십 도라는 엄한이 여러 날 계속되었건만 그는 잠방이 하나로 지내왔다고 교관실이 가득하도록 떠들었다. 얼굴에는 붉은 핏기가 가득 차 있다. 별안간 그는 이번 겨울 방학 동안에 조선의 민속(民俗)에 대해 많이 연구했다고 말을 꺼냈다.

"마침 무당을 하나 붙들었기에 여러 가지 조선의 신앙, 미신, 관혼상제의 습관, 풍속 같은 것을 조사해 봤는데 썩 흥미가 있데나. 한 민족을 철저하게 이해하려면 역시 이 방면부터 조사해 가는 것이 제일 첩경이야. 미친 것을 고치려면 신장 내린 무당이 동쪽으로 뻗친 복

사나무 가지로 병자를 실컷 때려주면 멀쩡하게 나버린 다네. 재미있지 않은가. 그리고 거짓말하고 댕기는 여자한테는 똥을 먹인다네나. 허……. 이것은 아주 합리적이거든. 난 조선 여자들이 살결이 왜 고운가 했더니 그 비밀을 이번에 처음으로 알았어. 밤에 잘 적에 오줌으로 세수를 헌데나그려. 인제 우리 여편네한테두 오줌세수를 시켜볼까. 허……어허……."

T 교수의 호걸 같은 웃음에 따라 다른 교수들도 일제히 껄껄거려 웃었다. 그러나 김만필은 가만히 있을 수 없었다. T 교수의 뺨이라도 힘껏 후려갈기고 싶었으나 참는 수밖에 없어서,

"그런 풍속이 어데 있단 말씀이오. 나는 듣도 보도 못했소."

김 강사는 겨우 이 말만 했다. T 교수를 비롯해 모든 사람들은 비로소 김 강사가 있는 것을 깨달은 듯이 그의 얼굴을 바라보고 교관실의 공기는 별안간 싸늘해졌다.

T 교수는,

"아니, 당신은 이런 것은 이리저리 생각하실 것 없지요. 무식한 무당한테 들은 소리니까."

하고 그로서는 처음 보는 미안한 얼굴을 지었다.

"어쨌든 미신이라는 것은 어떤 문명국에라도 있는 것이니까."

김 강사는 한 마디 더 말하고 싶었다. 그러나 마침 종이 울렸으므로 그는 백묵 상자를 들고 썩썩 교관실을 나와 버렸다.

이번 겨울은 이상스레도 흐린 날이 계속되었다. 삼한 사온의 규칙적 순환도 없이 영하 십 몇 도라는 날이 날마다 계속되었다. 그 일기도 김 강사의 비위에 맞지 않았다. S 전문학교에 가는 도중에 전차 창으로 내다보이는 교외의 풍경은 한결같이 회색 빛깔로 물칠되었었다. 앞에는 더러운 바라크[17] 집들이 톱니빨같이 불규칙하게 늘어서고, 그 지붕 위를 수력전기의 송전탑이 까맣게 멀리 숲 편으로 달아나는 것이다. 잿빛 하늘 저편에는 시커먼 북한산이 잠잠히 서 있고……. 김만필은 그 옛날을 생각해 본다. 아직 중학생 때 겨울이 되면 흔히 스케이트를 둘러메고 이 근처로 얼음을 타러 다녔다. 그때에는 이 더러운 바라크들도 무서운 송전탑도 물론 없었고 수양버들 늘어진 큰길이 멀리멀리 논밭 가운데로 구불거려 있었다. 하늘은 일상 샛푸르게 개었었다.

펀한 논 벌판 저편에는 능(陵) 소나무 숲이 보이고 그 저편 쪽 먼 하늘에는 눈을 인 북한산의 야윈 봉우리가 굳세게 높게 솟아 있는 것이었다. 논에는 물이 가득해 그것이 유리쪽같이 얼고 그 얼음 위를 바람을 차고 중학생 김만필은 마음껏 뛰어 돌아다니던 것이언만.

이월도 그믐께 가까운 어느 날, 첫째 시간을 끝내고 일상 하듯이 김만필은 신문실에서 멍하고 있노라니 T 교수가 나타나서 오늘 잠깐 할 말이 있으니 교수가 끝나거든 교무과로 와달라 하였다.

시간을 마치고 교무과로 갔더니 T 교수는 대략 다음과 같은 이야기를 하였다.

"오늘은 잠깐 당신께 꼭 해야 할 말씀이 있습니다. 다름 아니라 엊저녁에 오래간만에 H 과장 집에를 놀러갔더니 H 과장은 무슨 까닭인지 당신한테 관해 무슨 이상스러운 소문을 듣고 대단 기색이 좋지 못한 모양입니다. 어떤 말을 듣고 그러는지는 나도 모르겠소마는 그래 내가 지금 당신께 하려는 말씀은 사실은 우리 학교 교장 말인데 교장은 원체 성미가 그런 사람인 데다가 무엇인지 당신이 교장 비위를 몹시 거실러 놓지 않았나 싶습니다. 실례의 말씀이지만 당신은 아직 세상이라는 것을 모르고 계시다고 나는 봅니다. 세상이라는 것은 어쨌든 이론대로 되는 것이 아니니까요. 윗사람한테 대해서는 철을 찾아 무슨 선사는 안 한다 하더래도 가끔 찾아가 보는 것쯤은 해두는 것이 좋단 말이오. 들으니까 H 과장도 그때 이후 찾아가지 않았다지요. H 과장이 그럽디다. 당신은 나와 달라서 처음부터 H 과장 소개로 들어왔겠다, 당신만 잘하면 앞으로는 시간도 차차 더 얻을 수 있을 것인데—."

"그러면 저—."

"아니, 무어 자세한 이야기를 들은 것은 아니니까, 어쨌든 내 생각에는 오늘 저녁에라도 우선 H 과장 집에라도 한번 찾아가 보시는 것이 좋을 듯합니다만—."

"네—."

김 강사는 분명치 않은 대답을 했으나 T 교수의 이야기를 듣고 있는 동안에 오랫동안 숨을 죽이고 있던 마음속의 불똥이 이상스레 끓어오르는 것을 느꼈다. 나쁜 놈들! 내가 비겁한 짓을 하고 쩔쩔매고 있으니까 제멋대로 건방지게 구는구나. 나는 너희들 앞에 말라빠진 이 몸을 내던지고 짓밟든지 차든지 너희들 할 대로 하라고 참아오지 않았느냐. 이 이상 무엇을 더 어떻게 하라는 것이냐. 김 강사는 보이지 않는 소리로 H 과장과 교장 들을 욕하고 남을 극도로 멸시하는 소리를 뻔뻔스레 친절한 귀띔 모양으로 들려주는 T 교수의 얼굴에다 마음속으로는 힘껏 침을 뱉어주었다.

그러나 집에 돌아온즉 불안한 마음에 암만해도 가만히 있을 수 없었다. T 교수의 말치로 보아서는 자기의 운명도 이미 결정된 듯싶었으나 그렇게 되고 보니까 또 전부터 정해온 배짱이 흔들흔들하기 시작하는 것이었다. 김 강사는 끝까지 현실에 연연하는 자기의 약한 성격에 스스로 싫증과 미움까지 났으나 그렇다고 그것을 어떻게 처치할 수는 없었다. 드디어 그는 이번 한 번만 더 T 교수의 말대로 해보기로 마음을 정했다. 그리고 이번에야말로 언젠가 그가 권하듯이 과자 상자를 사 가지고 가는 것이라고 자기 자신에게 일러 들렸다.

H 과장 집 현관에는 먼저 온 손님이 있는지 구두 한 켤레가 놓여 있었다. 그러나 응접실에 들어가니까 손님은 방금 간 모양으로 하녀가 나와서 테이블 위의 찻종과 과자 접시 등속을 치우고 있었다. H 과장은 혼자서 걸상에 앉았는데 웬일인지 노기가 등등한 얼굴이었다.

H 과장은 험한 눈치로 김만필을 노리고 있더니 김만 필이 가까이 가니까 별안간,

"무얼 하러 왔나."

하고 쏘아붙였다. 김만필은 너무나 의외의 인사에 깜짝 놀라 H 과장의 얼굴을 쳐다보고 도로 머리를 숙였다. 다 글렀다! 하는 생각만이 머리에 가득 차서 오는 길에 생각해 둔 갖가지 변명이 하나도 안 남고 날아가 버렸 다.

"너무 오래 찾어뵙지도 못했기에—."

김만필은 겨우 입을 떼었다.

"이 남의 은혜를 모르는!"

또 한 번 정신이 번쩍 들어 김만필은 얼굴을 들고 H 과장을 보았다. H 과장은,

"대체 자네는 왜 남의 얼굴에 똥칠을 해놓는 겐가."

라고 또 소리쳤다.

창졸간에 무엇이라 대답해야 할는지를 몰라 김만필 은 머리를 숙이고 덮어놓고 사과를 했다. 그러나 H 과 장은 여전히 되풀이하는 것이다.

"왜 나를 창피한 꼴을 보이는 거야."

"네, 제가 과장님께 무슨 창피를— 제가."

H 과장에게 창피한 꼴을 보여준 적은 없는 것이다.

"그래두 자네는 나를 속일 작정인가."

"과장님을 속인 일은 저는 없습니다."

"없어?"

H 과장은 금방 덤벼들 듯이,

"그럼 내 입으로 말해 줄까. 자네는 대학 시대에 ××
주의 단체에 들었었지. 이리로 온 후도 좌익 문학 운동
에 관계했지."

"하지만 그것은—."

하고 김만필은 대답하려 하였으나 이번에는 H 과장은
부들부들 떨리는 목소리가 되어,

"왜 자네는 그것을 내한테 말하지 않고 감추었단 말
인가. 응, 그래두 상관없다고 생각했단 말인가. 그래놓
고 자네는 뻔뻔스레 학교 선생이 되어 시치미를 뚝 떼
고 있지만 자네를 추천해논 이 내 얼굴은 어찌 된단 말
인가. 나는 자네만은 염려 없다고 학교 당국의 강경한
반대를 무릅쓰고 억지로 자네를 집어넣은 것이야. 허기
는 경솔하게 자네를 신용한 내가 잘못이지. 섣불리 동
정심을 낸 것이 잘못이야. 이 은혜를 모르는, 제 욕심만
채우는—."

H 과장이 떠들어대는 동안 김만필은 올 것이 온 것이다, 라고 생각하였다. 그러나 막상 이렇게 되고 보니 도리어 별로 겁날 것이 없었다. 생각하면 작년 가을 이후로 날마다 밤마다 자기를 괴롭게 하고 눈앞에 얼씬거리던 검은 그림자의 정체는 겨우 요것이던가. 그렇게 생각하니 도리어 무거운 짐을 내려놓은 것 같았다. 그러나 사정만은 똑똑히 해두어야 된다고 그는 생각하였다. 과거에 있어서 그는 제법 정말 무슨 주의자였던 일은 없는 것이다.

"그건 무슨 오해십니다. 저는 지금까지 ××주의자였던 적은 없습니다."

"무엇야! 그래도 나를 속이려나!"

H 과장은 다시 격노해 소리를 버럭 지르고 의자와 테이블을 와당탕거리며 벌떡 일어났다.

그때 이웃 방으로 통하는 문이 열리며 H 과장 부인이 차를 가지고 들어왔다. 이어 부인의 등 뒤에는 언제나 일반으로 봄 물결이 늠실늠실하듯 온 얼굴에 벙글벙글 미소를 띤 T 교수가 응접실로 따라 들어왔다.

1) 일정한 세를 받고 남에게 빌려주는 물건.
2) 남자가 낮 동안 입는 서양식 예복.
3) 지위가 낮은 관료붙이. 요속(僚屬).
4) 일본어로 '네'라는 뜻.
5) 일본어로 '경례'라는 뜻.
6) 당구를 뜻하는 billiards의 일본식 발음.
7) 고시엔. 일본 효고 현(兵庫縣) 니시노미야(西宮)에 있는 지역.
   이곳엔 매년 고교 야구대회가 열리는 일본 고교 야구의 상징
   으로 알려진 한신 고시엔 구장이 있다.
8) 도쿄의 유흥가인 '긴자'와 '부라부라'(어슬렁어슬렁)라는 말이 결
   합함으로써 어슬렁거리며 산보하는 것을 뜻하는 말.
9) 도쿄 긴자 등에서 지팡이처럼 남자에게 붙어 산책하는 것으로
   돈벌이하는 젊은 여성.
10) 글만 읽고 세상 물정에는 어두운 사람.
11) 옷차림이나 언행이 거칠고 품위가 없음. 조잡함. 또는 그런
    사람.
12) 염라대왕이 죽은 사람의 생전의 행실을 적어 두는 장부. 학교
    에서 학생의 성적이나 품행 등을 기록하는 교사 수첩.
13) "할 짓은 다 하는구먼."
14) '어머'라는 감탄사.
15) 독일에서 발간되는 일간지.
16) 설비등.
17) 막사.

* 작가 고유의 문체나 당시 쓰이던 용어를 그대로 살려 원문에
  최대한 가깝게 표기하고자 하였다. 단, 현재 쓰이지 않는 말이
  나 띄어쓰기는 현행 맞춤법에 맞게 표기하였다.

《신동아(新東亞)》, 1935

해설

Afterword

식민지 지식인의 고뇌와 패배

이경재 (문학평론가)

「김 강사와 T 교수」(《신동아》, 1935년 1월)의 시간적 배경인 1930년대 중반은 학생 스즈키와 김만필의 대화에서 나타나듯이 히틀러가 정권을 잡고 양심적인 예술가들을 예술원에서 쫓아내던 때이다. 조선에서는 일제의 군국주의가 더욱 강력해져 양심적 지식인의 활동이 극도로 위축되던 시기이다. 이로 인해 대표적 진보 문학 단체인 카프(KAPF, 조선무산자예술가동맹)는 해산되고, 진보적 문인과 지식인들의 전향 선언이 줄을 이었다. 이러한 시대적 배경은 이 작품을 이해하기 위한 절대적인 조건이라고 할 수 있다.

「김 강사와 T 교수」는 바로 이러한 시대적 추이에 대

The Agony and Defeat of a Korean Intellectual in the Colonial Period

Lee Kyung-jae (literary critic)

"Lecturer Kim and Professor T," published in *Shin-donga* in January 1935, was set in its present time, the mid-1930s, when Hitler was in power and forced scrupulous artists out of art academies, as told in the dialogue between the two characters Suzuki and Kim Man-pil. During this period, Japan's militarism became harsher in Korea, encroaching on the activities of intellectuals. The Korea Artists' Proletariat Federation was disbanded and many progressive writers and intellectuals switched to the Japanese side. This historical backdrop is essential to understanding the story.

The story, which is a detailed chronicle of histor-

한 면밀한 보고서로서, 당대 지식인의 현실 적응이라는 문제를 다루고 있다. 김만필은 과거 사회주의 운동을 청산하고 식민지 시기 현실에 적응하려고 하는 당대 지식인의 한 전형적 모습을 보여준다. 이 작품은 정밀한 내면묘사와 시대현실에 대한 정확한 묘사로 인해 식민지 시기를 대표하는 지식인 소설로 인정받아 왔다. 이러한 성과는 유진오의 개인적 삶과 분리해서 생각할 수 없다. 작가 유진오는 1924년 경성제대를 수석 입학하였고, 경성제대에서도 '문우회', '낙산문학회'와 같은 문학 단체는 물론이고, '경제연구회'와 같은 좌익 사상 연구 단체에서도 주도적인 활동을 하였다. 또한 졸업 이후에는 경성제대와 보성전문학교의 강사와 보성적문학교 법과 과장직을 맡기도 하였다. 이러한 경력에서 드러나듯이 유진오는 일제 시기를 대표하는 지식인이었다고 해도 과언이 아니다. 또한 그는 교수직에 추천을 받았지만, 조선인이라는 이유로 교수직 취임을 거절당한 적도 있었다고 한다. 이러한 개인적 경험을 바탕으로 유진오는 누구보다 치밀하게 식민지 지식인의 삶과 고민을 형상화할 수 있었던 것이다.

김 강사는 동경제국대학 독일문학과를 우수한 성적

ical circumstances, explores the reality of a Korean intellectual at the time. Kim Man-pil is a typical figure, who tries to shed his past socialist associations and adapt to colonial realities. The story has been recognized as a representative account of a Korean intellectual's experience during the Japanese colonial period because of its psychological and historical truthfulness.

This achievement reflects the life of author Chin-O Yu. He entered Gyeongseong Imperial University on the top of his class in 1924. In college, he formed the Economic Research Association, a study group on leftist philosophy, as well as literary clubs such as Literary Friends' Association and Naksan Literary Association. After graduating from college, he worked as a lecturer at Boseong College and Gyeongseong Imperial University. Later, he became the head of the law department at Boseong College. His resume confirms his reputation as a representative Korean intellectual of the Japanese colonial period. He was once recommended for a professorship, only to be rejected because he was Korean. Such personal experiences helped him to portray the life and struggles of a Korean intellectual during the colonial period as others had not

으로 졸업한 수재였지만 오랜 동안 룸펜생활을 하였다. 그는 S 전문학교에 시간강사로 취직하기 위해 평소에 멸시하던 N 교수를 찾아가고, N 교수는 조선에 나와 있는 고위 관리 H 과장에게 압력을 넣으며, H 과장은 자신의 말이라면 꼼짝 못하는 S 전문학교 교장을 움직인 결과 간신히 강사로 취직한다. 결정적으로 김만필은 선생으로서는 "정강이의 흠집"에 해당하는 경력, 즉 과거 사상 단체인 문화비판회의 멤버로 활동한 것을 철저히 숨기고자 한다. 김 강사는 그 알량한 강사 자리를 얻기 위해 자신의 양심과 과거의 이상을 속이고 있는 인물인 것이다. 그는 과거 문화비판회의 경력을 묻는 스즈키의 질문에 "모처럼 얻은 그의 지위와 자기의 양심과를 저울에 달아가면서 고개를 좌우로 흔"드는 모습에서 알수 있듯이, 끝까지 자신의 양심과 지조를 배반함으로써 패배한 지식인의 모습에서 벗어나지 못한다.

동시에 김만필은 "도련님 또는 책상물림의 티가 뚝뚝 듣는 그러한 지식청년"으로서 처세에도 능숙하지 못하다. 교장에게 과자 선물 하나 보내기를 망설이는 인물인 것이다. 연약한 김만필은 현실의 진창에 뛰어들었지만, 현실의 속악함에 완전히 적응하지도 못한 채 마음

been able to do.

Lecturer Kim is a genius who faces difficulties finding a job in spite of graduating from the German Department of Tokyo Imperial University with flying colors. To get a job at S College, he has to seek help from Professor N, whom he was contemptuous of in his college days. He barely manages to get hired after H, a ranking official in Korea, under pressure from Professor N, persuades the principal of S College to hire him. As a teacher, Kim Man-pil wants to bury his past "mistake," i.e., his activities as a member of an ideological group called the Cultural Criticism Society. He betrays his conscience and past ideals in order to retain his lecturer position. When Suzuki asks him about his past activities as a member of the Cultural Criticism Society, he vacillates, weighing his hard-earned position against his conscience. Allowing his desire to hang on to his job to trump his conscience, he is unable to avoid the lot of a failed intellectual.

Kim Man-pil ("Lecturer Kim") is a novice from the ivory tower, an academic with no real-world experience. He even vacillates over buying the principal a box of sweets. He wades into the muck of reality, but not before going through anguish. On the con-

속으로 온갖 괴로움을 겪는다. 반면에 일본인 T 교수는 얼굴에 늘 띄우는 웃음과는 달리 교활하고 비겁한 인물이다. 자신의 지위와 영달을 위해서는 어떤 것도 가리지 않는 지독한 출세지상주의자인 것이다. 김 강사와 T 교수의 대비를 통하여 이 작품은 지식인의 이상과 현실의 간극, 그 부딪침에서 오는 고통을 형상화하고 있다. 또한 T 교수는 이전 사상활동을 한 김 강사를 끊임없이 감시하고 그를 파괴시킨다는 점에서 일제의 간교함과 억압을 대표하는 인물이기도 하다.

「김 강사와 T 교수」의 공간적 배경인 서울의 S 전문학교는 "우리 학교에서 조선 사람을 교원으로 쓰는 것은 자네가 처음"이라는 교장의 말처럼, 모든 교직원이 일본인으로 되어 있다. 이러한 인적 구성은 그 자체로 식민지 조선의 불평등한 현실을 반영하며, S 전문학교가 민족적 차별로부터 자유로울 수 없는 공간임을 알려준다. 또한 S 전문학교는 교장과 T 교수, 물리학의 S 교수와 독일어의 C 강사가 서로 대립하는 곳이기도 하다. S 전문학교는 진리 탐구의 열정으로 가득찬 곳이라기보다는 온갖 권력관계로 가득찬 식민지 현실의 축소판이라 할 수 있다.

trary, T, a Japanese professor, remains outwardly unruffled in spite of his malice and deceit. He will stop at nothing to advance his interests and position. The contrast between Lecturer Kim and Professor T shows the gap between the ideal and reality and its painful consequences. T's constant surveillance and gradual demolition of Kim, the former ideologue, also symbolize Japan's craftiness and oppression.

The story is set in S College in Seoul. As Kim is "the first Korean teacher in this institution," in the words of the principal, he is the only non-Japanese among the staff. This gross imbalance in nationalities among teachers captures the stark reality of inequality during the colonial period. Not only is S College a bastion of discrimination against Koreans, it is also an arena for feuding faculty members, where the principal, Professor T, Professor S, who teaches physics, and Lecturer C, who teaches German, are pitted against each other. Rather than being a sanctuary of truth and learning, the institution is a microcosm of colonial reality circumscribed by various power relations.

Chin-O Yu, an intellectual of the time, abandoned literary writing after Korea's liberation from Japan.

당대를 대표하는 지식인 유진오는 해방 이후 창작활동을 중단한다. 식민지 시기를 대표하는 작가 유진오의 갑작스러운 절필은 어떻게 이해할 수 있을까? 이것은 유진오가 김동리와의 논쟁에서도 드러나듯이 스스로를 문인이라기보다는 지식인으로 인식한 것과 관련된다. 그는 스스로를 역사와 사회에 책임을 진 지식인으로서 자각하고 있었지만, 식민지 시기에 그가 할 수 있는 정치적 활동은 극히 제한되어 있었던 것이다. 이러한 특수 상황에서 그는 직접적인 정치적 참여보다는 우회적인 방법으로 문학을 택했던 것으로 이해할 수 있다. 또한 지식인 유진오가 열정적으로 문학 창작에 나섰다는 사실은, 식민지 시기 문학이 당대의 중요한 사회적 문제를 해결하는 데 핵심적인 통로로 인식될 만큼 그 영향력이 컸음을 방증하는 사례라고 할 수 있다.

How can one interpret this abrupt decision to give up writing? It may have to do with the fact that he viewed himself as an intellectual rather than a writer, as shown by his debate with the renowned contemporary novelist Kim Tong-ni. Although conscious of his duty to history and society as an intellectual, his political activities during the colonial period were extremely limited. Rather than participating in politics, he used literature as an indirect means of political protest. Nevertheless, his passionate engagement in literary activities illustrates that literature during the colonial period was influential enough to be recognized as a contributor to the solution of important social issues.

비평의 목소리

Critical Acclaim

우리의 근대문학이 계몽주의적 성격을 띤다는 것은 그것이 지식인의 소산임을 새삼 말해 주는 것이다. 「무정」에서 카프 문학에 이르기까지, 있어야 될 인간상과 세계를 제시하는 것이 무엇보다 두드러졌음이 확연한데, 지식인이 짊어진 사명감 때문이라 할 것이다. 유진오는 그중에서도 가장 전형적이다. 조금 과격하게 말한다면, 지식인이란 뿌리 없는 족속인 만큼 시류에 편승할 가능성이 크다. 이러한 시류성은 지식인의 '근거없음'의 직접·간접의 반영이 아닐 수 없다. 시류성을 조금 격상시켜 시대정신이라 부를 수도 있지만 조금만 주의해 살핀다면 그것이 정치적 감각의 소산임을 알아차릴

The influence of the Enlightenment on our modern literature means that it is the product of intellectuals. The qualities of the ideal world and human beings are found in Yi Kwang-su's *Heartless* and the works of the members of the Korea Artists' Proletariat Federation. This can be attributed to the intellectuals' sense of burden. Chin-O Yu is one such example. Viewed from a radical perspective, intellectuals are more likely to be swept up in a movement because they have no roots. This may be viewed as either a direct or an indirect reflection of the rudderlessness of intellectuals. Euphemistically, one might use the term "zeitgeist," but a closer look

것이다.

김윤식·정호웅, 『한국소설사』, 문학동네, 2000, 303쪽

「김 강사와 T 교수」는 패배한 지식인으로서 김만필의 모습을 보여준다. 전문 지식을 많이 쌓는 데는 성공했으나 양심과 지조를 지키는 면에서는 실패하여 참된 지성이란 어떤 것인가 하는 질문을 던지게 된다. 「김 강사와 T 교수」는 조선의 청년 지식인과 일본 지식인 사이의 마찰을 노골적으로 그렸다는 점 하나만으로도 존재 가치를 인정받을 만하다.

조남현, 『한국현대소설사 2』, 문학과지성사, 211쪽

그 이전까지는 자신의 이념의 틀로 세상을 바라보아도 아무런 모순이 생기지 않았지만 30년대 중반에 들어서면 자신의 이념과 부합하지 않는 현실이 생겨난다. 파시즘의 현실이 도래한 것이 그것이다. 32년 이후 37년까지 유진오가 거의 소설을 발표하지 못하는 것은 그 때문이다. 그러한 위기감을 보여주는 것이 「김 강사와 T 교수」(《신동아》, 1935.1)이다. 주인공 김만필은 이념을 끝까지 유지하면서 변화한 현실에 대처하려 하지만 그

will reveal that it is simply the result of political considerations.

Kim Yoon-shik & Jeong Ho-ung, *Hanguk Soseolsa*
[History of Korean Fiction] (Paju: Munhak Dongne, 2000), p. 303

In "Lecturer Kim and Professor T," protagonist Kim Man-pil is a failed intellectual. His failure to keep his conscience and integrity intact in spite of his considerable knowledge raises questions about what makes a true intellectual. The work is worth recognizing, if only because of its candid portrayal of the conflict between a Korean intellectual and a Japanese one.

Cho Nam-hyun, *Hanguk Hyeondae Soseolsa*
[History of Modern Korean Fiction] Vol. 2
(Seoul: Munji, 2012), p. 211

Not until the mid-1930s did Chin-O Yu recognize the conflict between reality and his ideals. Until then, he had no problem seeing the world as it was. But the reality of fascism hit him hard, and his literary output fell significantly from 1932 until 1937.

러한 시도가 실패로 끝나게 된다. 1930년대 후반기 소설에서 주인공은 대부분 이념과 관계가 없는 인물이거나 이념의 몰락을 경험한 인물이 된다.

윤대석, 『약전으로 읽는 문학사 1』, 소명출판, 2008, 288쪽

유진오의 삶과 문학적 여정은 우리 근대사의 고민을 농축해 놓은 것이며, 그 고민을 해결해 나가는 과정에서 우리의 선조들이 얼마나 많은 시행착오를 겪어야 했는지를 몸소 보여주는 교과서이다. 고민의 치열함은 현실의 열악함을 반증하고, 이론적 허점은 그대로 우리의 사상적 허약함의 단면을 보여주는 것이며, 식민지의 열악성을 상징하는 것이다. 봉건사회로부터 스스로 근대사회로 걸어 나오지 못했던 우리 민족의 반제, 반봉건 투쟁의 역사에 현민의 작품이 영원히 기록되어야 할 이유가 이것이다.

박헌호, 『김 강사와 T 교수, 모밀꽃 필 무렵 外』,

동아출판사, 1995, 540쪽

"Lecturer Kim and Professor T," published in *Shindonga* in January 1935, shows this sense of a personal crisis. The protagonist, Kim Man-pil, vainly attempts to adapt to reality without abandoning his ideology. Most protagonists in works produced in the late 1930s have little interest in ideology or deal with the failure of ideology.

Yoon Dae-seok, *Yakcheoneuro Ingneun Munhaksa*

[Literary History Through Short Biographies] Vol.1

(Seoul: Somyong, 2008), p.288

The life and literary career of Chin-O Yu sums up the problems of modern Korean history, and is a characteristic example of how those who preceded us had to solve problems by trial and error. His struggle shows the harsh realities of the time, our ideological weaknesses, and the poverty of the colonial period. This is why his works deserve to be remembered forever in the history of our people's anti-colonial and anti-feudal struggles, even though they may have failed, on their own, to bring about our shift to modern society.

Park Hun-ho, *Lecturer Kim & Professor T, When Buckwheat Flowers Bloom, Etc.* (Seoul: Donga, 1995), p.504

유진오

1906년 서울에서 태어났다. 경성고등보통학교를 거쳐 1924년 경성제대에 수석으로 입학했다. 1929년 경성제대 법문학부를 졸업하고, 1932년 보성전문학교 강사가 되었다. 1927년 「복수」 「스리」 등을 발표하며 작품 활동을 시작하였다. 「김 강사와 T 교수」 『화상보』를 통해 지식인의 고뇌를 보여줌으로써 식민지 시기를 대표하는 작가로 1930년대 후반 평단으로부터 가장 많은 주목을 받았다. 해방 이후에는 학자이자 교육자, 또한 외교가로서의 길을 걷는다. 대한민국의 헌법을 1948년에 기초하였고, 그 다음 해에 「헌법해의」를 발행하였다. 1951년에 한일회담 대표가 되었고, 1952년부터 1965년까지 고려대 총장을 역임하였다. 1960년대 후반에는 신민당 총재, 또한 국회의원으로서 야당 정치가 활동을 하였다. 1987년에 별세하였다.

Chin-O Yu

Chin-O Yu was born in 1906 in Seoul (known as Keijo under the Japanese occupation). He graduated from Keijo High School and entered Keijo Imperial University (forerunner of Seoul National University) in 1924, where he earned his law degree in 1929. In 1932 he started his academic career as a lecturer in law at Bosung College. He made his literary debut in 1927 with the publication of "Revenge" and "Three." His literary works, such as the short story "Lecturer Kim and Professor T" and the novel *Whasangbo* [Tale of Fantastical Thoughts] are widely recognized as the most perceptive commentary on the plight of Koreans during the Japanese occupation. After Korea's liberation from Japan, his career focused on academic, educational, and diplomatic work. In 1948, he drafted the Constitution of the Republic of Korea. The next year he published a treatise on constitutional law, which quickly became the standard work for several generations of Korean students in this field. In 1951, as

Korea's representative, Yu initiated multi-year ne-
gotiations on normalization of diplomatic relations
with Japan. The following year, he became Presi-
dent of Korea University, a post he held from 1952
to 1965. Throughout his career, he remained active
in public life and in the late 1960s he emerged as
the leading opposition figure, serving as President
of the New Democratic Party and an elected mem-
ber of the National Assembly. He died in 1987 at
the age of 81.

번역 **손석주** Translated by Sohn Suk-joo

손석주는 《코리아타임즈》와 《연합뉴스》에서 기자로 일했다. 제34회 한국현대문학 번역상과 제4회 한국문학번역신인상을 수상했으며, 2007년 대산문화재단으로부 터 한국문학번역지원금을, 2014년에는 캐나다 예술위원회로부터 국제번역기금을 수혜했다. 인도 자와할랄 네루 대학교에서 영문학 석사 학위를, 호주 시드니대학교 에서 포스트식민지 영문학 연구로 박사 학위를 받았으며 미국 하버드대학교 세계 문학연구소(IWL) 등에서 수학했다. 현재 동아대학교 교양교육원 조교수로 재직 중 이다. 인도계 작가 연구로 논문들을 발표했으며 주요 역서로는 로힌턴 미스트리의 장편소설 『적절한 균형』과 『그토록 먼 여행』, 『가족문제』 그리고 김인숙, 김원일, 신상웅, 김하기, 전상국 등 다수의 한국 작가 작품들을 영역했다. 계간지, 잡지 등 에 단편소설, 에세이, 논문 등을 60편 넘게 번역 출판했다.

Sohn Suk-joo, a former journalist for *the Korea Times* and *Yonhap News Agency*, received his Ph.D. in postcolonial literature from the University of Sydney and completed a research program at the Institute for World Literature (IWL) at Harvard University in 2013. He won a Korean Modern Literature Translation Award in 2003. In 2005, he won the 4th Korean Literature Translation Award for New Translators sponsored by the Literature Translation Institute of Korea. He won a grant for literary translation from the Daesan Cultural Foundation in 2007 and an international translation grant from the Canada Council for the Arts in 2014. His translations include Rohinton Mistry's novels into the Korean language, as well as more than 60 pieces of short stories, essays, and articles for literary magazines and other publications.

감수 전승희, 데이비드 윌리엄 홍

Edited by Jeon Seung-hee and David William Hong

전승희는 서울대학교와 하버드대학교에서 영문학과 비교문학으로 박사 학위를 받았으며, 현재 하버드대학교 한국학 연구소의 연구원으로 재직하며 아시아 문예 계간지 《ASIA》 편집위원으로 활동 중이다. 현대 한국문학 및 세계문학을 다룬 논문을 다수 발표했으며, 바흐친의 『장편소설과 민중언어』, 제인 오스틴의 『오만과 편견』 등을 공역했다. 1988년 한국여성연구소의 창립과 《여성과 사회》의 창간에 참여했고, 2002년부터 보스턴 지역 피학대 여성을 위한 단체인 '트랜지션하우스' 운영에 참여해 왔다. 2006년 하버드대학교 한국학 연구소에서 '한국 현대사와 기억'을 주제로 한 워크숍을 주관했다.

Jeon Seung-hee is a member of the Editorial Board of *ASIA*, and a Fellow at the Korea Institute, Harvard University. She received a Ph.D. in English Literature from Seoul National University and a Ph.D. in Comparative Literature from Harvard University. She has presented and published numerous papers on modern Korean and world literature. She is also a co-translator of Mikhail Bakhtin's *Novel and the People's Culture* and Jane Austen's *Pride and Prejudice*. She is a founding member of the Korean Women's Studies Institute and of the biannual Women's Studies' journal *Women and Society* (1988), and she has been working at 'Transition House,' the first and oldest shelter for battered women in New England. She organized a workshop entitled "The Politics of Memory in Modern Korea" at the Korea Institute, Harvard University, in 2006. She also served as an advising committee member for the Asia-Africa Literature Festival in 2007 and for the POSCO Asian Literature Forum in 2008.

데이비드 윌리엄 홍은 미국 일리노이주 시카고에서 태어났다. 일리노이대학교에서 영문학을, 뉴욕대학교에서 영어교육을 공부했다. 지난 2년간 서울에 거주하면서 처음으로 한국인과 아시아계 미국인 문학에 깊이 몰두할 기회를 가졌다. 현재 뉴욕에서 거주하며 강의와 저술 활동을 한다.

David William Hong was born in 1986 in Chicago, Illinois. He studied English Literature at the University of Illinois and English Education at New York University. For the past two years, he lived in Seoul, South Korea, where he was able to immerse himself in Korean and Asian-American literature for the first time. Currently, he lives in New York City, teaching and writing.

바이링궐 에디션 한국 대표 소설 092

김 강사와 T 교수

2015년 1월 9일 초판 1쇄 발행

지은이 유진오 | 옮긴이 손석주 | 펴낸이 김재범
감수 전승희, 데이비드 윌리엄 홍 | 기획위원 정은경, 전성태, 이경재
편집 정수인, 이은혜, 김형욱, 윤단비 | 관리 박신영
펴낸곳 (주)아시아 | 출판등록 2006년 1월 27일 제406-2006-000004호
주소 서울특별시 동작구 서달로 161-1(흑석동 100-16)
전화 02.821.5055 | 팩스 02.821.5057 | 홈페이지 www.bookasia.org
ISBN 979-11-5662-067-9 (set) | 979-11-5662-069-3 (04810)
값은 뒤표지에 있습니다.

Bi-lingual Edition Modern Korean Literature 092

Lecturer Kim and Professor T

Written by Chin-O Yu | **Translated by** Sohn Suk-joo
Published by Asia Publishers | 161-1, Seodal-ro, Dongjak-gu, Seoul, Korea
Homepage Address www.bookasia.org | **Tel**. (822).821.5055 | **Fax**. (822).821.5057
First published in Korea by Asia Publishers 2015
ISBN 979-11-5662-067-9 (set) | 979-11-5662-069-3 (04810)